Ich bin nicht allein, denn die Einsamkeit
ist immer bei mir.

PROPHEZEIUNG

Der Tag, an dem Deutschland beschloss zu sterben

Jakob Straub

www.Jakob-Straub.de

Postfach 10 11 14
66883 Altenglan

Illustration: ***Jakob Straub***
ISBN: 9781520651972

Einleitung

Menschen ändern sich nicht und wenn sie es tun, dann immer nur zum Negativen. Die Menschheit ist das Machwerk einer experimentierfreudigen und unvorstellbar intelligenten hohen Macht, die es liebt, uns alle an unsere Grenzen zu bringen. Wir sind ein unheilbarer Virus, der die unschuldige Erde vor etwa einer Million Jahren aufsuchte, sie infizierte und den Tod zu ihrer großen Liebe machte. Wir sind nur ein Spielzeug eines Gottes, der unheimlich gerne das Leben durch unsere Augen erlebt. Er ist ein sehr einsamer und sensibler Gott, auf der Suche nach dem Sinn seiner Existenz, der in unserem Wesen unaufhörlich nach Gemeinsamkeiten sucht. Ein Gott der Legenden liebt, sie selbst erschafft, von uns unterhalten werden möchte und die beste Unterhaltung findet er im Leid, in der Trauer und ganz besonders in der Hoffnungslosigkeit der Menschen.

Er ist ein guter Gott, er liebt uns und genau deswegen ist er auch so streng zu uns. Dieser Gott erwartet nur, dass wir das Beste aus den Talenten und Begabungen erschaffen, die er uns für diese kurze und schmerzvolle Ausbildungsreise mitgab. Um am Ende das Licht zu erblicken, muss man am Anfang in den Abgrund springen und der Abgrund nennt sich Leben.

Schon die großen Führer, Revolutionäre und Diktatoren der Menschheitsgeschichte waren nur so weit gekommen, weil deren Zweifel, Lebensziele, Minderwertigkeitsgefühle und ihre schlechten Erfahrungen mit dem anderen Geschlecht, sie dazu brachten über Leichen zu gehen.

Nicht der Hass gebar die Probleme dieser Welt, sondern die hinterhältige Liebe, die uns alle täuschte, betrog und uns hinters Licht führte.

Die schmeichelnden Worte der Liebe klingen so schön, ihre Taten schmecken bittersüß. Das Leben beginnt durch die Liebe und die Menschheit opferte ebenfalls viele Leben für den Hass, der durch die Liebe zum Leben erweckt wurde. Die Liebe ist somit der Gevatter Tod, der sich hinter einer schönen Fassade versteckt und nur darauf wartet, tiefe sinnliche Gefühle in den potenziellen Liebesopfern zu wecken.

Unser Fortschritt war davon geprägt, uns alle so darzustellen, wie wir überhaupt nicht sind und wir gaben uns alle große Mühe, eine eigene Maske zu kreieren, hinter der wir uns wohlbehütet fühlen. Fast alles, was mein Vater vor knapp 20 Jahren in seinen ersten verwirrenden Büchern prophezeite, ging auch zum Teil in Erfüllung.

Er war schon immer sehr introvertiert, ein echter Einzelkämpfer, und hielt sich meist nur mit sich selbst auf. Es gab genügend Menschen in seinem Leben, die sich eine Freundschaft mit ihm wünschten, aber für ihn waren Freundschaften nur reine Zeitverschwendung und diese überließ er den Schwachen der Gesellschaft.

In seinem ersten Roman schrieb er:

> *„Der Hass, den wir gegenüber Menschen verspüren, ist wahrhaftig und begründbar. Die Liebe zu unseren geliebten Menschen können wir uns jedoch nie wirklich erklären. Liebe täuscht, der Hass nie."*

Seine fesselnde Traurigkeit in seinem Gesicht übersah man nicht. Wenn er lachte, trauerten seine blauen Augen und seine Blicke schwirrten beim Reden nervös umher. Er war sehr nachdenklich, fühlte sich verfolgt und zwar von seinen eigenen Gedanken an die Zukunft Deutschlands. Mein Vater beschäftigte sich intensiv mit den sozialen Problemen der früheren Gesellschaft und zwar mit den unlösbaren, an die sich nicht einmal die damaligen Politiker ran trauten.

Bis 2019 wurden noch Probleme totgeschwiegen und zahllose Regierungskritiker mundtot gemacht. Während die normalen Bürger in Deutschland in einer wundervollen Illusion lebten, die von der Lügenpresse gebildet und über Jahrzehnte aufrechterhalten wurde, achtete die Regierung penibel darauf, dass die Journalisten und Redakteure genau das schrieben, was den führenden

Politikern genehm war. Die Zensur im Internet wurde von den großen Medien kaum angesprochen, aber jeder deutsche Bürger schien für die Regierung ein potenzieller Terrorist zu sein. Auch wenn es die Menschen im Jahre 2018 noch nicht wahrhaben wollten, aber ihr Privatleben zog Geheimnisse an und so etwas sollte es nicht mehr geben. Ihre Privatsphäre verlangten laut der Regierung nur potenzielle Terroristen, Reichsbürger, Hetzer, Nationalsozialisten und Gefährder.

> *„Ich wusste seit meiner Kindheit, dass wir uns in einer stumpfsinnigen Illusion bewegten, während die Realität in Ketten lag. Es war ein beängstigendes Gefühl, eine miserable Empfindung, die mich über viele Jahre verfolgte. Ich dachte, ich wäre verrückt. Dachte, ich wäre depressiv oder würde mir nur selbst etwas vormachen, da alle ein Leben lebten, das mir verwehrt blieb.*
>
> *Sie lebten, ohne das zu empfinden, was ich, seitdem ich denken kann, tagtäglich empfand. Alles änderte sich, als ich anfing, mich selbst zu informieren und all der Negativität, die mich umgab, die Möglichkeit nahm, mich und mein Unterbewusstsein zu beeinflussen. Es brauchte Zeit, aber erst durch diese schwierigen Phasen entdeckte*

ich die wahre Realität und versuchte, sie wenigstens für mich von ihren Ketten zu befreien.

Interessant dabei war, dass die Ketten nicht nur aus falschen Informationen bestanden, sondern auch aus unserer Angst vor der Wahrheit. Wir leben gerne ein herrliches Leben und wir würden eine wunderschöne Lüge der grauenvollen Wahrheit vorziehen, auch wenn wir wissen würden, dass dieses herrliche Leben nur aus einer einzigen großen Blutlache besteht.

Die Wahrheit tut weh, die Lüge schmeichelt, der Mensch vereint Beides."

Das waren die nachdenklichen Worte meines Vaters, die er seiner Leserschaft in seinem literarischen Erstlingswerk hinterließ. Unsere Politik veränderte sich wenige Jahre nach dem letzten großen Menschheitsereignis recht schnell. Wir veränderten unser Denken, unsere Gesetze und Regeln. Wir wollten uns allen eine Chance geben, um zu überleben. Wir wollten unsere Mitmenschen nicht mehr danach bewerten, wieviel sie besaßen, aus welch einer Familie sie stammten oder woher sie ursprünglich kamen. Es ging dieser letzten, alles verändernden Generation nur noch um die Menschenwerte.

Früher ging es den Menschen nur um die materiellen Dinge, die ein Mensch besaß, aber nicht um den Wert eines Menschen, den er für die Bevölkerung darstellte. Früher wurden Menschen nach ihrer sinnbefreiten und inhaltslosen Schulbildung bewertet. Ab 2028 existierten diese herabwürdigenden Tests und Klausuren an den deutschen Schulen nicht mehr. Man bewertete Persönlichkeiten nur noch nach der emotionalen Intelligenz, nichts war entscheidender als Charakter und Persönlichkeit. Wissen kann man sich aneignen, Gefühle nicht. Bis dahin war es ein langer Weg. Beginnen wir aber mit den Anfängen, die Deutschland für immer verändern sollten.

Station 1
Wir schaffen das!?

Nach dem zweiten Weltkrieg sah der Teufel seine langersehnte Chance, um die übrig gebliebenen Seelen auf seine scheinbar sichere Seite zu ziehen.

Sein teuflischer Plan ging auf!

Die Vergangenheit der Deutschen lieferte genügend Gründe, um sich endgültig zu ändern, aber nur wenige sehnten sich wirklich nach einer Veränderung. Nach außen hin wurde die Denkweise der Deutschen über Jahrzehnte von den alliierten Besatzungsmächten modifiziert und zurechtgestutzt.

Der verhängnisvolle Nationalstolz musste aus den Köpfen der Deutschen entfernt und mit heuchlerischer Wehmütigkeit, Missgunst und der ewigen Reue befüllt werden. Von Generation zu Generation verstummten die Deutschen und durch ihre unerschütterliche Naivität gewannen sie von Jahrzehnt zu Jahrzehnt an Zufriedenheit. Deutschlands Besatzer züchteten seit dem Ende des zweiten Weltkrieges die perfekten Ja-Sager und nur mit diesen verweichlichten Gutmenschen konnte man etwas auf die Beine stellen, was ganz Europa ab 2030 in große Gefahr bringen sollte.

Scheinbar existierten keine Nationalsozialisten mehr, angeblich waren sie alle ausgestorben oder umerzogen worden. Eine fadenscheinige, dreiste Lüge, die in den Köpfen der Gutmenschen zur Wahrheit mutierte. Das, was die Deutschen wirklich dachten und nach was sie sich im Stillen sehnten, wurde außer Acht gelassen.

Der Bundesregierung ging es darum, die verdammenswerte Vergangenheit nicht zu wiederholen, aber was dadurch in Deutschland heranwuchs, waren Deutsche, die sich für ihre Wurzeln und ihre Existenz schämten.

Eine hochexplosive Mischung. Ihre Schuldgefühle blieben, sie wurden durch die manipulativen Medien noch verstärkt und der Ausländeranteil stieg mit jedem Jahr enorm an, sodass man als Deutscher mit einem lachenden, als auch mit einem weinenden Auge in die trostlose Zukunft blickte.

Das lachende Auge symbolisierte die heimatlose Zukunftsperspektive, die den Deutschen bevorstand, denn der Multi-Kulti-Wahnsinn im Jahre 2020 förderte den Hass gegen die weiße Bevölkerung und ab 2022 konnte man den Rassismus gegen die weiße Bevölkerung nicht mehr leugnen.

Rassismus fuhr keine Einbahnstraße, der Rassismus fuhr zweigleisig, aber dank der Gutmenschen sah Deutschland jetzt überall Schwarz, durfte aber nicht erwähnen, wer für die steigende

Kriminalität verantwortlich war. Naive Menschen neigen dazu, intelligenzresistent zu sein und von dieser Sorte saßen genügend im deutschen Bundestag und regierten die Schlafschafe, die dem führenden Schaf im Wolfspelz zujubelten.

Das weinende Auge stand für die bevorstehende Vernichtung der deutschen Kultur. Unzählige Milliarden Euro wurden in Deutschlands Gastfreundschaft investiert und zwar nur, um jedem Asylbewerber eine Zukunft und ein sicheres Zuhause zu bieten, aber am eigenen Volk wurde strikt gespart. Die geliebte Sicherheit auf Deutschlands Straßen musste weichen und sich aus dem ehemaligen Land der Dichter und Denker verabschieden.

Der Durchschnittsdeutsche konnte sich keine Kinder leisten, meist mussten beide Elternteile hart arbeiten, um irgendwie über die Runden zu kommen. Die Mehrheit der Asylbewerber lebte aber ganz gemütlich von Sozialhilfe und wer dies kritisch ansprach, der musste doch ganz bestimmt ein Nazi sein. Die kriminellen Fremden setzten zukünftige Kriminelle in die Welt, die genau den verarmten deutschen Kindern das Taschengeld wegnahmen, das ihre Eltern zuvor durch mehrere Nebenjobs hart verdienen mussten.

Der Hass auf die kriminellen Migranten war spürbar groß, ganz egal wie sehr die großen Medien versuchten, die Zustände auf den Straßen schön zu reden. Die Geschichte wiederholte sich nicht und genau deswegen stieg der Frust unter den Deutschen. Sie wollten eine krasse Veränderung. Eine Veränderung um jeden Preis, sie wollten, dass das Blut der Kriminellen fließt, sie wollten brennende Fremde sehen, wie sie um Gnade bettelnd zurück in ihre Heimatländer schwimmen. Die Bedürfnisse der Deutschen blieben unbefriedigt, vorerst!

Viele wünschten sich im Stillen einen zielsicheren Führer, der in der Flüchtlingskrise und im Bundestag aufräumt und er sollte selbstverständlich auch die ewige Unzufriedenheit der Deutschen ein für alle Mal zerschlagen. Die Unzufriedenen des Landes wünschten sich insgeheim einen weiteren Hitler, nur musste er beim zweiten Versuch, die Welt zu erobern, intelligenter agieren.

Wenn die Beseitigung der Kriminellen unter der Führung des neuen Hitlers nicht funktionieren würde, so könnte das hasserfüllte Volk, wie nach dem zweiten Weltkrieg auch, dem gescheiterten Führer die komplette Schuld für ihren Rassenhass geben, denn man sei ja beeinflusst worden. Die Ausrede funktionierte ja schon einmal im letzten Jahrhundert und Übung macht ja bekanntlich den Hitler. Aber wenn die Beseitigung der ungeliebten Fremdheit von Erfolg gekrönt wäre, so dürfte man den Hass auf die anderen Rassen und Minderheiten offen ausleben und müsste sich für nichts mehr schämen.

Fast jeder Mensch ist rassistisch.

Scheinbar ist aber laut der deutschen Presse nur der Deutsche ein Rassist, aber stimmte das wirklich? Die Menschen sind unglaublich primitiv, aber das ist vollkommen natürlich, so hat uns die Natur ausgestattet. Das Gesetz des Stärkeren wird uns alle überleben. Dabei gehen aber als aller erstes die Gutmenschen drauf, denn diese verzweifelten Kreaturen meinen, sich gegen die Natur stellen zu können. Der Rassenhass wurde über Jahrzehnte von der Regierung beobachtet, wie auch die Aktivitäten der Gefährder, Normalbürger und Verschwörungstheoretiker.

Jeder durfte rassistisch sein, aber diesen Rassenhass sollte man lieber für sich behalten. Wann darf aber ein Volk stolz auf sich selbst sein? Jederzeit! Nur nicht die Deutschen.

Und genau ihre Vergangenheit sollte den Deutschen schon recht bald das Genick brechen.

> *„Ein Bekannter erzählte mir, dass er sich nicht Deutsch fühlt. Ich fragte ihn, wie er das nun meint. Er erklärte mir, dass die wahren Deutschen im zweiten Weltkrieg für ihr Land und ihre Ideologie gestorben*

sind, der Rest, der überlebte, sich den Feinden stellte, bezeichnete er als abtreibungspflichtige Missgeburten. Die Restdeutschen!

Eigentlich wollte ich ihm sagen, dass er sich ja damit selbst beleidigt, aber er nahm in dem Moment sein überaus ermüdendes Geschwätz sehr ernst und so ließ ich ihn weiterreden. Am Ende des Gesprächs sagte er etwas ernüchtert, dass die Welt uns unsere Taten im letzten Jahrhundert nie verzeihen dürfe und dass alle Deutschen das Recht verwirkt hätten, zu existieren.

Er wirkte auf mich sehr niedergeschlagen, fast schon suizidgefährdet. Dass er wenige Wochen zuvor von Kulturbereicherern mit Migrationshintergrund verprügelt worden war, erfuhr ich erst wenige Tage später von seiner Verlobten. Ich fragte ihn, ob die Länder der Welt tatsächlich das Recht hätten, einem Volk die Existenzberechtigung zu entziehen.

Er verneinte die Frage. Ich fragte ihn, ob er eine Erlaubnis bräuchte, sich deutsch zu fühlen? Er verneinte diese Frage ebenfalls direkt und ich sah, dass ich ihn mit diesen simplen Fragen aufbauen konnte. Ich gab ihm die Schaufel, um tiefer zu graben, und er grub fleißig. Tiefer und tiefer, bis er an die Wurzel seines Leidens stieß.

Wir redeten noch ganze zwei Stunden über Deutschland und seine Zukunft und am Ende des Gesprächs war er positiver gestimmt als zu Beginn unserer Begegnung. Ich stellte fest, dass man nicht die richtigen Antworten geben sollte, sondern die passenden Fragen, denn die Deutschen können selbst auf exzellente Antworten kommen, nur benötigen sie manchmal jemanden, der sie beherzt ermuntert weiterzudenken."

Die komplette Geschichte dieser Videoaufzeichnung meines Vaters, erreichte mehr als 300.000 Zuschauer und das innerhalb weniger Tage. Er produzierte sozialkritische Videos und sah sich eher als ein Kriminalberichterstatter, auch wenn er durch seinen überaus schwarzen Humor oftmals zu Übertreibungen neigte.

Er hatte großen Erfolg damit und dieses Video berührte nicht nur die Deutschen, sondern auch alle anderen Menschen mit einem Migrationshintergrund.

Während mein Vater in seiner Rolle als Freiheitsaktivist, Verleger und Schriftsteller aufging, erstickte Frankreich an dem Terror, den es selbst zu sich einlud. Die französische Regierung verlor die Kontrolle über die eigene Bevölkerung und die Terroristen verloren ihre Geduld und begannen 2021 ihre Jagd auf die treulosen französischen Politiker.

Vor dem Beginn der ersten inszenierten Abschlachtung veröffentlichte eine bis dato unbekannte Terrororganisation ein Video im Internet. Sie rechtfertigte ihre bevorstehenden Attentate.

Frankreich war schon geschädigt genug, auch lebten die Franzosen seit Jahren in ständiger Angst vor neuen Terroranschlägen, aber mit diesem einen Video kam bei der verzweifelten Bevölkerung eine Art Erleichterung auf. Die Reaktion auf das Video war beschämend, doch das Schamgefühl mutierte zum Zyniker.

Frankreich - Ein Land im Freudentaumel.

Es kam zu keinem Shitstorm gegen diese unbekannte Terrorgruppe, auch wollte die französische Bevölkerung nichts gegen diese ernstzunehmenden Drohungen unternehmen.

Natürlich versuchten die Medien, den zynischen Franzosen einzureden, dass sie gefälligst schockiert sein sollten, aber solch eine Gehirnwäsche funktionierte 2021 nicht mehr.

Die Menschen hatten einfach die Schnauze voll davon, in Ketten zu leben und für die Fehler der gescheiterten Einwanderungspolitik gerade zu stehen. Die Bevölkerung wollte Köpfe rollen sehen und am besten die Köpfe der Politiker, die tausende Franzosen auf dem Gewissen hatten. Wenn man die eigenen Politiker nicht stürzen konnte, so müsste man sie aus dem Weg räumen und wenn sich überraschenderweise eine ausländische Terrorbande bereiterklärt, dies kostenlos zu übernehmen, dann schaut man doch solch einem geschenkten Gaul nicht noch ganz dreist ins Maul.

Sogar bekannte Internetpersönlichkeiten waren von dem bevorstehenden Spektakel angetan und zeigten ihre Vorfreude in zahlreichen Vlogs im Internet.

In dieser Phase der Veränderung sah man die größte Beschränktheit und das wahre Gesicht der menschlichen Spezies. Sie waren alle mordlustig, blutrünstig und dieses dunkle Kapitel zeigte, dass die Schadenfreude dem Menschen ein schöneres Gefühl verlieh, als die Nächstenliebe im erkalteten Herzen. Auf die heiligen Bücher und deren Auslegungen wurde ebenfalls heftig geschissen, denn die Probleme kamen ja genau aus der Ecke, aus der man Nächstenliebe frönte und gleichzeitig die nächsten Sündiger zur Steinigung begleitete. Natürlich nur, weil ihr liebenswürdiger Gott das so wollte.

Wie teuflisch kann ein Gott überhaupt sein? Nur die Wenigsten wussten, dass Adolf Hitler mit dieser einen Religion sympathisierte und vieles in seinem Führungsstil aus dieser angeblich friedlichen Religion stammte. Er perfektionierte die Gehirnwäsche dieser Glaubensrichtung und wandte diese erfolgreich bei der deutschen Bevölkerung an. Sogar Heinrich Himmler sagte, dass sie die Weltanschauung dieser Religion teilen würden.

Während die Regierung sich auf die angekündigten Attentate einstellte, passierte alles recht schnell und effizient.

Die französische Regierung ging wohl davon aus, dass sie es mit unterbelichteten Terroristen zu tun hätte, nur waren diese Unbekannten aber nicht mit den Nizza-Attentätern, den Weihnachtsmarktbombern oder den Kirchenzerstörern zu vergleichen.

Frankreich hatte die Bedrohung wieder einmal unterschätzt. Nur eine Woche nach der Videobotschaft der Terroristen wurden an einem Montagmorgen vier französische Privatschulen mithilfe von selbstgebasteltem Sprengstoff in die Luft gejagt, samt der Töchter und Söhne der führenden französischen Politiker.

Die Zerstörung der Explosionen war verheerend. Ganz Frankreich blickte eine ganze Woche in eine komplett falsche Richtung. Plätze und Orte von Politikern schienen gesichert, ihre Familien überwacht, aber niemand kam auf die Idee, sich intensiver mit den Privatschulen zu beschäftigen.

Die Zerstörung war mit keinem früheren Anschlag zu vergleichen, denn es blieben diesmal keine Verletzten übrig. Die Terroristen arbeiteten an den Schwächen aller Terroranschläge und ließen von ihrem Ziel nicht los, noch einmal die Welt in Angst und Schrecken zu versetzen. Jede terroristische Tat aus der Vergangenheit wurde durch diese unmenschliche Tat in den Schatten gestellt.

Auch das Kirchenmassaker mit 23 Toten und 17 Verletzten schien plötzlich vergessen. Zeitweise spekulierten etliche Freiheitskämpfer darüber, dass das Vorgehen etwas zu professionell schien, um es irgendeiner unbekannten Terrorbande in die Schuhe zu schieben. Einer dieser Freiheitskämpfer war mein Vater, der mehrere Videos darüber produzierte und seine Gedanken zu dem Anschlag mit seinen Zuschauern teilte.

Es wurde alles zu schnell aufgeklärt, so wie es mit dem Co-Piloten in Frankreich auch passierte, der eine Passagiermaschine an einem Berg zum Zerbersten brachte.

Das Einzige, was wirklich der Wahrheit entsprach, waren 192 Kinder, die an einem Montagmorgen ihr Leben lassen mussten. Darunter wurden 16 Kinder von französischen Politikern getötet. Es gab schon mehrere Massenmorde in den letzten Jahrzehnten, aber nie konnte man auf so eine hohe Zahl an getöteten Kindern blicken und das schockierte die gesamte Welt. Diese unbekannte Terrorbande traf die Politiker mitten ins Herz und löschte an nur einem einzigen Tag ihre gesamte Zukunft aus. Manche Politiker blieben aber verschont und so traten nicht nur die betroffenen Politiker zurück, sondern auch Volksvertreter, die sich glücklich schätzen konnten, ihre Kinder in die Arme schließen zu können.

Es war ein Warnschuss, der einer emotionalen Verwüstung gleichkam und fragende Gesichter in Regierungskreisen hinterließ.

„Was sollen wir tun?“

Das fragten sich viele und nur wenige wollten ihre Lösungen zur Bekämpfung des Terrors in Frankreich der Öffentlichkeit präsentieren.

Erst acht Tage später veröffentlichte diese Terrororganisation ein weiteres Video, in dem sie nur einen Bekennerbrief mit einem alten Smartphone abfilmten. Im Hintergrund hörte man sie höhnisch lachen, während die Worte auf dem Bekennerbrief nur für Verwirrung sorgten.

> *„Der Tod segnet die Gottlosen und bereitet sie vor, auf das was noch folgt. Noch wenige Jahre. Geduldig ist, der Gutes tut und tötet. Gott ist groß.“*

Diese geschriebenen Worte der Terrorbande brachten niemanden wirklich weiter. Wieder eine religiöse Tat und wieder wurde so getan, als ob die friedliche Religion nichts mit den 192 toten Kindern zu tun hätte. Die Medien sollten noch wochenlang über diesen Bekennerbrief berichten und ganze Dokumentationen darüber produzieren. Wochen vergingen und es passierte nichts. Obwohl die Zahl der Suizidanten extrem anstieg, durften die Medien nicht darüber berichten und genau darüber beschwerte sich mein Vater in seinen Sendungen.

> *„Sie schauen euch allen zu. Sie sammeln all eure Berichte, Artikel, Kolumnen, Fernsehbeiträge und auch diese Aufnahme und dadurch geilen sie sich auf. Die Terroristen sind jetzt berühmt, für ihren Gott sichtbar. Es sind kranke Geschöpfe, die eure Kinder auf dem Gewissen haben und sich durch ihren Gott für unsterblich halten. Wenn die großen Medien schon über den Terror berichten, wieso wird deren Religionsangehörigkeit nicht angesprochen und ordentlich thematisiert?*
>
> *Kann man da wirklich noch davon sprechen, dass die Religion nicht schuld an dem Terror in Frankreich ist, obwohl alle Terroristen immer nur einer ganz bestimmten Religion angehören und sich immer mehr*

friedliche Menschen dieser Religion anschließen und zu neuen Mördern werden?

Ist es immer noch eine friedliche Religion oder ist es schon eine Anleitung zur Kriegsführung?

Es sind Fragen, die in den letzten Jahren unbeantwortet blieben. Nach über zweitausend Videos und unzähligen Livesendungen, die ich in den letzten Jahren produzierte, konnte mir bisher keiner eine gute Erklärung dazu geben. Wieso eigentlich nicht? Sind diese Fragen zu schwer zu beantworten oder zu gefährlich, um darauf eine Antwort zu bekommen?

Alle haben Angst, etwas gegen diese Religion zu sagen oder sie zu kritisieren. Aber was passiert, wenn diese religiöse Terrororganisation mehr Terrorpotenzial in Deutschland sieht? Was passiert, wenn auch hier die Bomben losgehen? Denn bei Vergewaltigungen, Axt- und Ehrenmorden sowie Christenverfolgungen schaut man ja seit Jahren brav weg, da der Tod auf Deutschlands Straßen schon zur Alltäglichkeit gehört.

Frauen färben sich hier die Haare schwarz, um bloß nicht einem Überfall oder einer sexuellen Bereicherung zum Opfer zu fallen. Christen laufen in Burkas, um einer Vergewaltigung zu entgehen. Die Polizei versagt, weil sie überfordert ist und die Politik schaut zu und amüsiert sich, denn ihr seid ja ein Teil eines sozialen Experiments."

Die Fragen meines Vaters blieben auch nach diesem Video unbeantwortet. Meine Großeltern erzählten mir, dass er sich über die damalige Reaktion der Lügenpresse amüsierte.

Jahrelang wurde er entweder von den Medien ignoriert oder als ein Hetzer und Rechtspopulist bezeichnet und jetzt mussten sie zuschauen, wie seine Popularität mehr und mehr wuchs. Jeder Gutmensch kannte seine Videos, jeder Religionsfanatiker, Ausländer und Patriot sprach über ihn und egal wie sehr man ihn hasste, geschaut wurde er trotzdem, auch von denen, die ihn so sehr verteufelten.

„Nie hätte ich gedacht, dass mir so viele Menschen zuhören würden. Ist es schlimm, wenn ich sage, dass ich beliebt geworden bin und zwar dadurch, dass ich die Wahrheit ausspreche und darüber berichte? Ich habe die Wahrheit beliebt gemacht."

Diese Zeilen schrieb er in seiner Kolumne für ein sehr bekanntes Online-Magazin. Obwohl er dieses Magazin ebenfalls als einen Teil der Lügenpresse ansah, veröffentlichte er seine Kolumnen trotzdem.

Seine Schlussworte waren:

> *„Wenn ich schon etwas für die Lügenpresse schreibe, dann schreibe ich so hochnäsig, arrogant und abgehoben, wie es in dieser Branche eben üblich ist. Hallo Leser, ihr könnt mich jetzt alle Mal (lesen).“*

Er war ein sensibles Arschloch und solche Statements erwartete man von ihm, aber was wirklich in ihm vorging, das schrieb er in sein Tagebuch:

> *„Vor vielen Jahren hatte ich nichts und war komplett allein gestellt. Ich schrieb für ein Online-Magazin und moderierte meine eigene Podcast-Sendung, in der ich unbekannten Künstler eine Plattform gab, um sich zu vermarkten. Ich weiß nicht einmal, wie ich zu der Zeit über die Runden kam, aber mein Wunsch nach Unabhängigkeit trieb mich täglich an, weiterzumachen. Ich war sehr jung und wusste nicht einmal, weshalb ich mit der Moderation begann, auch nicht wieso ich Künstler zu Interviews*

einlud. Alles lief automatisiert ab. Es fühlte sich so an, als würde mich jemand führen und mir aufzeigen, was ich zu tun hätte.

Was ich erst jetzt so richtig realisiere ist, dass ich durch die vielen Projekte in meinem jungen Alter mir genau die Fertigkeiten aneignete, von denen ich jetzt lebe. Alles ergibt auf einmal endlich einen Sinn.

Ich bin kein allzu religiöser Mensch, aber ich weiß, dass Gott uns nichts schenkt, weil er nun mal sehen möchte, wie wir mit den schweren Zeiten im Leben umgehen. Charakter wird durch Leid gebildet und durch die Leidenschaft perfektioniert. Ab und zu gibt Gott uns einen Tritt in den Arsch, belohnt uns und lässt uns kurz darauf wieder weiter an uns und unserer Existenz zweifeln. Die Menschen, die Gott liebt, lässt er am meisten leiden. Irgendetwas passiert in uns, sodass unser Leben sich komplett ändert und genau das sind keine Geschenke, sondern nur Möglichkeiten, uns besser kennenzulernen. Ich erinnere mich an die Zeit, als ich ohne Krankenversicherung durch mein Leben lief. Fünf Jahre lang. Ich konnte mir nicht einmal einen Arztbesuch leisten und viele Wunden und Krankheiten musste ich selbst behandeln. Im Nachhinein schaue ich zurück und weiß, zu was ich fähig war und was hinter mir liegt. Gott ist streng, beobachtend, liebevoll und gottlos."

Diese Worte gehören veröffentlicht und nicht in einem Tagebuch versteckt. Solch ehrliche Zeilen berührten mich, als ich sie zum ersten Mal mit 17 Jahren zu lesen bekam. Meine Großeltern gaben mir all seine Aufzeichnungen, Skizzen, selbstproduzierte Langspieler, Romane und Tagebücher. Ich sollte erfahren, wieso ich so war, wie ich war. Sehr rebellisch und stets auf der Suche nach unbequemen Antworten. Wie der Vater, so die Tochter.

Von den Heuchlern und Nörglern, die nur zuhören aber nichts tun, hatte das Land zu Genüge. Die, die etwas tun, sich dem Gegner mutig in den Weg stellen, strategisch vorgehen, etwas wirklich verändern wollen, die waren leider kaum aufzufinden oder wurden für ihre Einzigartigkeit bestraft, zensiert und von der Regierung gerichtet.

Einzigartigkeit wurde schon seit Ewigkeiten von dem regierenden Durchschnitt gejagt und vernichtet. Das beste Beispiel dafür war wohl Jesus Christus. Die einzigartigen Persönlichkeiten wurden immer beneidet, gehasst und entsorgt. Das sah man auch an der Hexenverbrennung im Mittelalter. Je einzigartiger und talentierter, umso beneidenswerter ist man und wo der Neid Wurzeln schlägt, dort wächst auch der Hass, der behutsam die Missgunst nährt.

Menschen vernichteten immer diejenigen, mit denen sie nicht konkurrieren konnten. In den schlechten Zeiten plünderten Menschen sogar in den Häusern ihrer geliebten Freunde. Vergewaltigten und misshandelten die Frauen ihrer Freunde und erhängten sie vor den Augen ihrer Kinder.

Der Mensch greift nur solange nicht an, solange er von Hunger und Durst verschont bleibt. Jede Feindschaft bietet einem mehr Sicherheit in schlechten Zeiten als jede erdenklich schöne Freundschaft in ihrer Blütezeit. Eine Freundschaft funktioniert nur in den guten Zeiten und mutiert in den schlechten zu etwas Grausamem. Wenn es einen Teufel gibt, dann wurde er zeitgleich mit der Entstehung der Menschheit geboren und mit den Menschen kam das Böse auf die Erde.

Europa wollte 2021 eine europäische Religion etablieren und natürlich war genau die Religion in der engeren Auswahl, die für Unterdrückung, Ausgrenzung und Tod stand. Die Europäer wollten es nicht, aber da Europäer für nichts zu gebrauchen waren, drehten sie sich in ihren bequemen Bettchen um und schliefen weiter, während ihre Politiker konstant an der Schwächung Europas arbeiteten.

Diese fanatischen Pläne von nur einer einzigen Religion waren blutgetränkt und man musste kein hochbegabter Analyst sein, um zu erkennen, dass das Christentum sein eigenes Grab bei diesen Plänen schaufelte. Die Christen schaufelten alle eifrig mit, um so tolerant wie möglich rüberzukommen, jedoch erkannten sie erst spät, dass man nicht tolerant mit etwas Intolerantem sein kann, außer man wünscht sich, sein eigenes Grab auszuheben.

Religionen wollten nie nebeneinander existieren, denn nach einer bestimmten Religion existiere ja auch nur ein großer Gott und zwar ihr Gott. Rund 20 Prozent der Politiker im Jahre 2021 gehörten dieser einen Religion an. Kein Wunder also, dass andere Religionen bis 2028 verdrängt werden konnten. Es gab keine Gegenwehr seitens der Andersgläubigen. Sie gingen nicht auf die Straßen, um zu demonstrieren; sie meinten wohl, dass es reichen würde, dagegen zu beten.

Ihre Gebete wurden leider nicht erhört.

Wieso Gott nie zu den Menschen sprach?

Ihn reizt nur die Beobachterrolle. Die Unterhaltung steht bei ihm an vorderster Stelle und wer keine interessante Unterhaltung mehr zu bieten hat, wird eingesammelt und ersetzt. Jeder von uns spielt in seinem eigenen Theaterstück mit. Wer funktioniert, kommt weiter, wer aus der Rolle fällt, der wird samt seiner Theatervorstellung abgesetzt. Sekte oder Religion und wo liegt da der Unterschied?

Wahrscheinlich wussten die Politiker, was ihnen in der Zukunft blüht. Eine bessere Schutzweste konnte man sich zu diesem Zeitpunkt nicht kaufen und so wurde eine Konvertierung zur gefürchteten Religion zur Pflicht.

Das durfte die leichtgläubige Bevölkerung natürlich nicht erfahren. Man wollte die Schlafschafe ja schön weiterschlafen lassen.

Ein pakistanischer Redakteur einer bekannten Zeitschrift schrieb, dass Deutschland sich an die Terroranschläge und an die Fremdheit im Land gewöhnen sollte. Sie würden sich verbreiten, sie würden immer mehr werden und irgendwann gehöre Deutschland nur noch den Ausländern.

Beängstigend war, dass sich kein Schwein für seine Aussagen interessierte. *„Alles nur Geschwätz"*, meinte die Lügenpresse. Fertig!

Wenige Jahre später verlor der pakistanische Redakteur seine Stelle bei einer deutschen Politikzeitschrift und Gerüchten zufolge arbeitete er während seiner Tätigkeit als Redakteur für zwei gefährliche Terrororganisationen. Seine Artikel und Kolumnen waren schon immer pro Asyl gewesen und jeder, der negativ über den Terrorismus in Europa berichtete, wurde von diesem Pakistani als ein Nazi bezeichnet. Bei seiner angeblich so friedvollen Religion, die mehr als 300 Millionen Menschen das Leben kostete, hielt der Terrorschreiberling aber schön die Fresse.

Es existierten keine friedlichen Religionen. Wie kann man überhaupt so dämlich sein und das Wörtchen „Frieden“ und die Krankheit Religion in einen Satz schmeißen?

Jede Religion auf diesem Planeten ist auf Ängsten, Kontrolle und Zweifeln aufgebaut. Ein Fundament, auf dem man keinen Frieden schaffen, sondern das Böse beheimaten kann. Es ging nicht darum, an einen Gott zu glauben. Es ging dieser einen Religion nur darum, gutgläubigen und verzweifelten Menschen eine Glaubensrichtung aufzuzwingen und wer nicht bereit war, in diesem Schauspiel mitzuspielen, dem wurde eine Rolle zugeteilt und zwar die Rolle eines Opfers einer terroristischen Tat.

Man nannte es auch den Einzelfall.

Egal wie viele Menschen durch die Hand einer Religion starben, es waren laut der Medien und der Politik immer nur traurige Einzelfälle. Das Volk schluckte alles, glaubte immer noch an die verlogene Berichterstattung der Medien und an die Journalisten des Landes.

Die Dummheit der Menschen war die Nahrung des Glaubens.

Da geht ein afghanischer Zeitgenosse, der über Jahre von seiner Religion gehirngewaschen wurde, in eine Schwulenbar und erschießt innerhalb von wenigen Minuten über 50 Menschen. Die Medien berichteten in Deutschland nur halbherzig darüber, denn sie verkauften es wie üblich als einen dramatischen Einzelfall.

Eine Religion war ohne Zweifel für hunderte von Einzelfällen verantwortlich und niemand war mutig genug, um das Problem beim Namen zu nennen. Im Jahre 2021 wurden vier christliche Frauen in einer Diskothek betäubt, im Wald vergewaltigt und an einen Baum gebunden. Um den verängstigten Frauen das Höllenfeuer, das ihnen als Andersgläubige bevorstand, schmackhaft zu machen, wurde der Baum, an den sie gebunden waren, in Brand gesteckt.

Die Religionsfanatiker konnten aber nicht anders und legten allen vier Frauen noch eine in Benzin getränkte Bibel und ein Kruzifix zwischen die Beine. Der Baum ging erst richtig in Flammen auf, als die vier jungen Frauen qualvoll verbrannten und das Erste, was von den Flammen in Mitleidenschaft gezogen wurde, waren ihre Geschlechtsteile.

Diese schreckliche Tat schaffte es nicht einmal in die Tagesschau. Eine Regionalzeitung berichtete halbherzig darüber. Da aber die Regierung ein wenig Druck ausübte, entfernte die Redaktion dieser Regionalzeitung den brennenden Baum, Kruzifixe und die Bibel aus dem Artikel.

Es war Wochenende.

An Wochenenden kümmerten sich die Deutschen immer nur um sich selbst, genauso wie an allen anderen Wochentagen auch. Falls aber die Kriminalität Deutschlands auch mal sie oder ihre Familienangehörigen traf, dann wurde auf hohem Niveau gejammert und davon gesprochen, dass das Volk nur am Schnarchen sei.

Der Teufel versteckte sich hinter seinem Werk und versprach den Leichtgläubigen und Ungebildeten, dass sie nach ihrem Tod ihren Frieden in sexueller Befriedigung finden dürften, vorausgesetzt, man nehme so viele Ungläubige wie nur möglich mit in den Himmel des Teufels.

Mein Vater schrieb wenige Stunden nach dem Tod einer der bekanntesten Frauenrechtlerinnen Deutschlands ein paar bedrückende Zeilen in sein Tagebuch.

Vielleicht lag es daran, dass die Frauenrechtlerin und Schriftstellerin in ihrer Wohnung aufgesucht und brutal hingerichtet worden war:

> *„Womöglich sollte ich mich ändern. Man erreicht nur wenig mit der Wahrheit, denn ich sehe täglich, wie mit einer uralten und menschlichen Lüge, die bis heute noch in Buchform abgedruckt wird, unschuldige Menschen dazu instrumentalisiert werden um zu töten, zu erbeuten und zu unterdrücken.*
>
> *Die Gutmenschen schauen zu, die Regierung fördert es, die Hinterbliebenen der*

Opfer trauern leise. Ich fühle mich nicht mehr sicher. Nirgendwo. Egal mit wem ich bisher in Kontakt war, jeder möchte nur einen Teil von mir, jeder will mehr von mir erfahren, um jede Information über mich an die falschen Personen und Behörden weiterzugeben.

Die Realität ist, dass diese Religion wirklich den Tot bringt und wie ein Krebsgeschwür wächst und wächst und viele Intelligenzresistente mit ihrer Liebe zum Töten infiziert.

Ich habe Angst um die Zukunft der Menschen, aber vielleicht verschwende ich nur meine Zeit, meine Talente und meine Energie. Ich weiß, dass ich das Richtige tue und vielleicht sollte ich genau deswegen für meine Menschen vorsorgen, die ich liebe. Für MEINE Menschen. Für die anderen habe ich zu viel riskiert und um ehrlich zu sein, fast nichts zurückbekommen.

Das ist das Traurige daran.

Viele sind aufgewacht, vielen konnte ich in den letzten sechs Jahren die Augen öffnen und das ist selbstverständlich ein schönes Gefühl, aber dabei bleibt es auch. Was nützen einem viele tausende intelligente aber verängstigte Bürger, die ganz genau wissen, was in Deutschland schief läuft, aber zu bequem und zu faul sind, um etwas für ihr Land zu tun. Aufgeweckte Deutsche, die nur lauthals in Internetforen nach positiven Veränderungen flehen, dabei schön entspannt Zuhause sitzen und sich über die Missstände in ihrem eigenen Land aufregen. Das deutsche Volk hat versagt. Komplett. Nur ist es noch niemandem aufgefallen. Ich sehe es jetzt. Es wurde stets auf die Politik eingedroschen und mit dem Finger auf die Politiker gezeigt, aber nicht die Politik versagte, sondern die deutsche Bevölkerung.

Die Politik enttäuschte eigentlich nie, denn ihre einzige Funktion war es, den Menschen etwas zu versprechen, was nach den Wahlen nicht gehalten werden konnte und das war doch kein Geheimnis mehr. Es wäre enttäuschend gewesen wenn die Politiker ihre Versprechen nach den Wahlen tatsächlich gehalten hätten.

Wer wählte denn die enttäuschenden Altparteien? Die Politiker oder die wütende Bevölkerung, die sich nicht entscheiden konnte, ob sie verarscht oder bereichert werden möchten?

Man reißt sich jahrelang den Arsch für die nörgelnde Meute auf und das einzige, was sie tun, ist genau dieselben Volksverrä-

ter zu wählen wie schon die letzten Jahre zuvor.

Labern, nichts tun, auf einen Führer warten, der alles für einen gerade biegt, vielleicht noch die eigene ungeliebte Alte fickt, für die Mitbürger noch die Wohnung putzt und die Steuererklärung durchgeht. Die Deutschen erwarteten viel zu viel von jemandem, der gar nicht existierte.

Zwischen 2017 und 2021 hatten die Deutschen die Chance gehabt, drei neue Parteien zu wählen, die sich für Deutschlands Sorgen interessierten. Aber was tat die deutsche Bevölkerung? Richtig. Sie wählte lieber wieder die Altparteien, weil der Bauer ja bekanntlich nichts frisst, was er nicht kennt.

Ab 2020 gehörten deutsche Jugendliche einer Minderheit an. Multi-Kulti übernahm alles, weil es nur wenige gab, die davor gewarnt haben. Ich habe mich geirrt, denn ich hatte Recht und trotzdem hoffte ich, dass sich in dem Denken der Europäer etwas ändern würde.

Ein fataler Irrtum. Es wird Zeit, egoistischer zu handeln. Ich mache weiter, aber ich muss mich ändern."

Obwohl sich die Bevölkerung in einem Bürgerkrieg befand, wurde dieser leise Bürgerkrieg erst nach seinem Ende als solcher benannt. Das gab es wohl noch nie zuvor und dies war nur möglich, weil die Regierung mit all den Nachrichtenagenturen zusammenarbeitete.

Die Lügenpresse kuschelte mit der Regierung wie eine verbitterte alte Prostituierte und die Freier waren die vom Volk gewählten Volksverräter. Wer zahlt, der darf die Wahrheit schön von Hinten nehmen.

Wieviel die Redakteure der Lügenpresse wohl für ihre verlogenen Sätze und Geschichten bekamen?

Das Volk wusste nicht, dass es sich in einem Bürgerkrieg befand, denn die Medien zeigten ja stets nur die besten Seiten und Nachrichten des Landes. Es sei nur eine Verschwörung, alles nur Schwachsinn, alles nur von den Verschwörungstheoretikern erfunden. Alles was eine Verschwörungsetikette trug, wurde von den Bürgern als eine Lüge angesehen, so einfach war das. Ein Bürgerkrieg taucht nicht einfach von einem auf den anderen Tag auf, winkt den Medien zu und schreit: *„DA BIN ICH!"*

All das entwickelte sich ganz langsam. Das Krebsgeschwür namens Bürgerkrieg streute langsam seine Krebszellen und schwächte das Land von Innen, aber der Primärtumor blieb für die breite Masse unerkannt. Die Regierung musste sich nicht einmal richtig anstrengen. Die Menschen wollten unbedingt belogen werden, jeder wollte weiterhin in seiner Seifenblase leben. Zwei Mal im Jahr in den Urlaub fliegen, Sport treiben ohne Fortschritte vorzuweisen, Diäten ausprobieren ohne abzunehmen, Heiraten ohne zu lieben, lieben um auszunutzen, zuversichtlich in die Rentenkasse einzahlen, um am Ende nichts zurück zu bekommen, am Wochenende Fußball schauen, verzweifelte Selfies knipsen und schon war die Welt für den Durchschnittsdeutschen vollkommen in Ordnung.

Im Nachhinein klingt es unglaubwürdig und unverständlich, aber so war es wirklich. Die Deutschen waren dafür bestimmt, um zu arbeiten, den Staat stolz zu machen. Und das ging nur, wenn sie ihr gesamtes Leben lang schufteten, ohne sich über die drohende Altersarmut zu beschweren.

Lügen haben keine kurzen Beine und die Wahrheit kommt ganz bestimmt nicht immer ans Tageslicht, denn die Wahrheit ist, war und wird immer von mutigen Menschen abhängig sein, aber leider waren diese mutigen Menschen, die der Wahrheit die Luft zum Atmen gaben, Mangelware.

Die Wahrheit überdauerte die Lügen der deutschen Presse, aber da war es schon zu spät. Während der gewaltsamen Ausschreitungen in den

Großstädten veröffentlichte mein Vater im Jahre 2024 immer noch etliche Videobeiträge, schrieb weiterhin Bücher, aber konzentrierte sich nebenbei auf sein Vorhaben, uns in Sicherheit zu bringen. Was draußen passierte, konnte man nur als die importierte Krankheit bezeichnen und der Hass, der gegen die Weißen umherirrte, erinnerte stark an die Anfänge des zweiten Weltkrieges.

Mitgefühl verschwand, die Zivilcourage starb, die Politik wurde von dieser friedvollen Religion überrannt und die letzten schönen Erinnerungen der älteren Mitmenschen sollten innerhalb von nur wenigen Monaten im Blut der Andersgläubigen und Ungläubigen ertrinken. Der Tod einer Erinnerung war kein Einzelfall, sie starben aus und hinterließen erzürnte und hoffnungslose fremde Gesichter auf den Straßen Europas.

Ich sitze oftmals da, lese mir die Notizen meines Vaters durch, analysiere seine Zeitungsausschnitte, die gesammelten Strafakten früherer Politiker, die Anfänge dieser Eroberung des Abendlandes und fühle seine Resignation. Es betraf nicht nur Deutschland, es betraf ganz Europa und genau dabei frage ich mich, wie sich wohl die Menschen früher gefühlt haben mussten, als sie von einem auf das andere Jahrzehnt feststellten, dass alles was sie kannten, nur als eine riesengroße Lüge funktionierte.

Manche Veränderungen brauchten Jahre, andere jedoch nur wenige Wochen, aber jede Veränderung war zerberstend.

Die Länder in Europa hofften auf die Unterstützung ihrer Bündnispartner, aber die Hoffnung starb, als die machtvollen Politiker Deutschlands realisierten, dass genau ihre engsten Bündnispartner für den leisen Bürgerkrieg verantwortlich waren.

Auf einmal sprach niemand mehr von irgendwelchen Verschwörungstheorien, niemand verurteilte die Verschwörungstheoretiker, die diese Zustände schon viele Jahre zuvor voraussagten. Teufels Plan ging auf und es sollte erst Jahre später bewiesen werden, dass die Flüchtlingskrise von Deutschlands Freunden erschaffen wurde. Es gab viele Verantwortliche, doch ein Name eines Plans fiel 2023 sehr oft. Es ging um die Etablierung eines alten Plans, der in den 1940er Jahren entwickelt und gezielt in Deutschland zum Einsatz kam. Die Deutschen waren für vieles verantwortlich. Jetzt sollten sie ein Teil eines Plans werden, der größer war als der Plan Hitlers.

Der Hooton-Plan.

Deutschland wurde zum Versuchskaninchen auserkoren und ein Zurück in den warmen Kaninchenstall blieb ihnen verwehrt. Es wurde davon gesprochen, dass der leise Bürgerkrieg im Jahre 2024 begann und zwei Jahre später endete. Inoffiziell schlich sich aber der leise Bürgerkrieg schon zehn Jahre zuvor auf Deutschlands Straßen umher, nur wurde den Bürgern nicht die volle Bandbreite der Problematik gezeigt. Die Politiker wussten, ihre treuen Wähler bräuchten nur eine relativ gute Unterhaltung aus dem Ausland, ebenso gutes ausländisches Essen und ein Dach über dem Kopf und schon wären die Deutschen zufrieden und satt gefressen. Ein ehemaliger Verteidigungsminister sagte im Jahre 2015, dass die Wahrheit die Bevölkerung nur verunsichern würde, deswegen solle man sie auch stets für sich behalten. Natürlich kriegten die Deutschen einige Häppchen davon zu fressen. Mehr als ein paar Häppchen konnten die empfindlichen Versuchskaninchen aber sowieso nicht verdauen. Niemand wollte Deutschland in Panik versetzen. Deutschland war wie ein kleines süßes Meerschweinchen, das bei zu viel Stress umfällt und stirbt.

Sie erhielten Suff und Unterhaltung und bekamen im Gegenzug ein paar weihnachtliche LKW-Anschläge, Vergewaltigungen und Kirchenbrände um die Ohren gehauen. Anfang 2015 begann die langsame Zerschlagung der deutschen Kultur. Die letzten Überreste der deutschen Kultur wohlgemerkt.

Die Deutschen vermissten ihr Land, ihre Identität. Sie vermissten es, seelenruhig und in Sicherheit im Park zu spazieren oder entspannt einkaufen zu gehen.

Begeistert einen Kinofilm genießen oder nachdenklich durch die Fußgängerzone schlendern. Alles Dinge, die die Deutschen ab 2021 nicht mehr so einfach tun konnten. Viele taten es und fast genauso viele landeten schwer verletzt auf der Intensivstation oder wurden erst mehrere Tage später leblos im Wald entdeckt. Nicht vergessen: Es waren selbstverständlich alles nur Einzelfälle. Die neuen Gäste vermehrten sich wie süße Hoppelhasen.

Nur schade, dass die deutschen karrierebewussten Versuchskaninchen verlernt haben, sich auf die eigene Fortpflanzung zu konzentrieren. Während mehr Deutsche starben, als geboren wurden, kamen mehr Gäste, um zu bleiben. Und auch wenn sie abschiebereif waren, so blieben sie einfach trotzdem.

Niemand tat was dagegen, die Polizei war machtlos. Der Ausländeranteil wurde geschönt veröffentlicht, die Arbeitslosenzahlen sanken von Monat zu Monat, obwohl jeden Monat hunderttausende neue Flüchtlinge in das Land marschierten und Geld, Häuser, Autos und willige deutsche Schlampen forderten. Da die Behörden den Forderungen nur bedingt nachgingen, stieg die Frustration bei den Invasoren an und damit auch die

Kriminalität. Aber auch hier wurde die Polizei von ganz Oben zum Schweigen verurteilt.

Niemand mochte durchgesickerte Informationen oder Videos von Gewaltdarstellungen. Doch genau diese unliebsamen Videos stellte mein Vater fleißig ins Netz. Er kommentierte sie oft sehr zynisch und erreichte dadurch viele Gleichgesinnte, die seine Meinung teilten. Die Bevölkerung sollte nicht weiterhin in einer großen Lüge leben, doch sie tat es. Freiwillig! Irgendwie wollte mein Vater das einfach nicht akzeptieren, ein echter Steinbock, ein in die Wahrheit verliebter Sturkopf.

Seine Sendungen und Videobeiträge waren voller sozialkritischer Aussagen und egal wie sehr man ihn dafür hasste, dass er die Ausländerkriminalität in seinen Videos behandelte, man konnte nicht behaupten, dass er Lügen verbreitete. Es waren unliebsame Wahrheiten, Fakten, Studien, Umfragewerte, die er in seinen Videos zeigte und kommentierte.

Er hatte nichts gegen Menschen, er hasste nur die Taten, die die Menschen tagtäglich begingen und es war ihm egal, ob es schwarze, weiße oder gelbe Menschen waren. Ihm ging es nur um die Kriminalität. Egal, wie unangenehm seine Videos auch waren, sie blieben nicht lange unentdeckt und genau dieser Erfolg sollte sein Leben und das Leben der anderen schlagartig verändern.

Wenn ein Opfer eine Straftat bei der Polizei zur Anzeige brachte, so wurde dieser Person erklärt, dass eine Anzeige gegen manche bestimmten Personengruppen sowieso fallengelassen werden würde und wer wollte denn schon der Polizei und der Staatsanwaltschaft unnötig Umstände bereiten. So sah die Toleranz aus, aushalten, Fresse halten!

Die Deutschen waren zu lasch, zu schwach, zu labil und ohne Führung. Die Gesetze zu schwammig und die Angst gegen kriminelle Ausländer vorzugehen stieg von Monat zu Monat. Man wollte ja nicht als ein Nazi dastehen. Für manche war die Nazikeule schlimmer als der Tod eines Familienmitglieds.

Die Ausländerkriminalität durfte von einem Deutschen nicht offen angesprochen werden, sonst wurden die vernichtenden Geschichten aus dem zweiten Weltkrieg thematisiert und ein Deutscher mit einem schlechten Gewissen war zu dieser Zeit ein guter, braver, stummer Deutscher. Ein echter Gutmensch!

Am Ende sprach man davon, dass es weniger Straftaten gäbe, obwohl jeder wusste, wieso es so war. Überall nur gefälschte Statistiken, geschönt und verbessert. Und die zahlreichen Gutmenschen im Lande hießen immer noch jeden potenziellen Terroristen im Lande willkommen. Egal, wie viele Straftaten begangen wurden, jeder war willkommen, sogar unregistrierte, potenzielle Kriegsverbrecher. Zivilisten lebten zu dieser Zeit äußerst gefährlich. Frankfurt war in der Hand der Ausländer, sodass die Deutschen wegziehen mussten, um zu überleben.

Die Willkommenskultur hatte offiziell im Jahre 2021 ihr Ende gefunden. Die Politiker versprachen ihren dummen Wählern, dass sie schon 2019 aufräumen würden, aber im Jahre 2021 kamen nochmal knapp sechs Millionen Menschen nach Europa und so hörte es mit dem versprochenen Aufräumen ganz schnell auf. Drei Jahre später herrschte Anarchie auf den Straßen der Großstädte und jedes Land in der EU schaute gespannt nach Deutschland.

Es schien, als würden die EU-Länder dem deutschen Land noch einmal Leid zufügen wollen, weil Deutschland nun mal den zweiten Weltkrieg auf dem Gewissen hatte. Den Deutschen kam dieses Mal aber niemand mehr zur Hilfe und so kümmerten sich die EU-Länder nur noch um ihre eigenen Probleme. Die Folge davon war der nie dagewesene Wertverfall der europäischen Währung im Jahre 2024. Eine europäische Wirtschafts- und Währungsunion, wie sie zuvor existierte, gab es nicht mehr. Der Finanzcrash wurde von vielen für das Jahr 2017 vorausgesagt, aber die Blase platzte erst 2020 und nahm viele Normalbürger und ihre Ersparnisse bis 2027 mit ins Grab. Das große Geld besaßen nur noch Menschen, die es sich leisten konnten, viel Geld zu besitzen.

Reichtum war käuflich und Informationen zu bestimmten Persönlichkeiten wurden teuer gehandelt. Wer also reich werden wollte, musste über Informationen verfügen, die den Behörden von Nutzen waren.

In der DDR musste die Regierung noch Spione einsetzen, um etwas Geheimes aus dem Leben der Nachbarn zu erfahren. Ab dem Beginn der sozialen Netzwerke wurden die eigenen Geheimnisse freiwillig in eine Statusmeldung getippt und abgeschickt. Die Zensur verdarb den Leuten nicht einmal den Spaß an ihrem krankhaften Mitteilungsbedürfnis, die Zensur förderte sogar noch die kranken und verzweifelten Seelen Deutschlands.

Solange man genügend Däumchen nach oben bekam, solange war es den Einsamen egal, was sie über sich und andere preisgaben. Jede frisch gebackene Mutter veröffentlichte ihre Fotos vom frisch geschlüpften Baby.

Verweichlichte Hipster und Partylöwen teilten ihre Sauferlebnisse mit allen Menschen, die sie nicht einmal kannten, unzufriedene Arbeitnehmer beschwerten sich über ihre tyrannischen Arbeitgeber und unzählige Idioten verloren dadurch ihre Jobs. Das Mitteilungsbedürfnis der Menschen sollte man nicht unterschätzen und am besten sollte man diese bemitleidenswerte Charakterschwäche gegen die Bevölkerung anwenden. Dachten die Menschen zu dieser Zeit wenigstens einmal daran, dass es auch Organisationen gab, die all ihre Aktivitäten im Internet analysierten, speicherten und es an weitere Behörden weitergaben?

Die Menschheit war naiv. Und dass sogar kostbare Persönlichkeiten wie Julian Assange oder Edward Snowden ihr Leben für die Schlafschafe opferten, um den Leuten die Augen zu öffnen, auch diese Aufopferungen brachten keine großen Veränderungen.

In Deutschland konnte man ein soziales Experiment mit der gesamten Bevölkerung miterleben. Jeder einzelne war ein Teil dieses Experiments, als sogar die deutsche Regierung offen zugab, dass sie von den USA jahrzehntelang belauscht, kontrolliert und gelenkt wurde. Wenn man Deutsche auf der Straße darauf ansprach, meinten sie nur, dass sie ja nichts zu verheimlichen hätten und gingen grinsend weiter. Soviel Ignoranz merkte sich die Zukunft, denn so viel Dummheit musste bestraft werden. Die USA konnte somit die Grenzen des Möglichen und des Ertragbaren austesten und wenn schon die politische Führung nicht hinter ihrem Volk stand, so konnte die Besatzungsmacht alles Erdenkliche tun, um Deutschland weiterhin zu schwächen.

Am Anfang waren noch alle ziemlich sicher, dass sie alles schaffen könnten. Egal wer 2015 ins Land geschwommen kam, jeder glaubte an die Lösung des Problems. Jeder schien ein Teil der Lösung zu sein, um etwas Großes zu schaffen.

Was zu schaffen?

Diese Frage stellte sich in diesem Land fast niemand. Es ging nur darum, zu funktionieren, sich ruhig zu verhalten und die Toleranz wie ein Kamikazeflieger auszuleben.

Zugegeben, die Deutschen halfen 2015 noch vorbildlich und wie niemals zuvor. In den ersten Monaten der Flüchtlingswelle spendeten sie Geld, Kleidung, Lebensmittel und viele stellten den hilfsbedürftigen Flüchtlingen sogar ihre Wohnungen zur Verfügung. Die deutsche Regierung tat zu diesem Zeitpunkt rein gar nichts.

Sie beobachtete, denn ein Versuchskaninchen muss auch eine Chance bekommen sich zu beweisen und Deutschland hoppelte wildentschlossen herum, um die gesamte dritte Welt zu sich einzuladen.

Kritische Artikel mit genau diesem Inhalt mussten zensiert, Videokanäle gelöscht und über die Folgen der miserablen Flüchtlingspolitik durfte in den großen Medien nur bedingt berichtet werden.

Wir schaffen das.

Mehr sollte das Volk nicht wissen, weil dieses hilfsbesoffene Land auch nicht mehr zu wissen brauchte. Sie alle fühlten sich sicher. Noch!

Eine große Boulevard-Zeitschrift veröffentlichte die Profilbilder und Kommentare der angeblichen Hetzer, die im Jahre 2015 die Flüchtlingsflut öffentlich in den sozialen Netzwerken kritisierten. Sie wurden so dargestellt, als seien sie die größten Nazis der Nation und diese Nation der Gutmenschen machte bei der medialen Hexenverbrennung freudestrahlend mit und zeigte mit Schadenfreude auf die Regierungskritiker mit dem Finger.

Diese Kritiker verloren durch das Publikmachen der persönlichen Informationen nicht nur Freundschaften, Beziehungen und ihre Arbeitsplätze, sondern auch das Vertrauen in die eigene Regierung und in die Medien.

Dadurch stellte die Regierungselite klar, dass sie nicht nur die Medien kontrollierten und diese für ihre Zwecke benutzten, sondern dass sie auch das Privatleben aller Deutschen in ihren Händen hielt. Ausnahmen wurden im Keim erstickt. Ausnahmen durften nicht existieren, denn die unaufhaltsame Diktatorin hatte aus der Vergangenheit und den Fehlern ihrer großen Vorbilder gelernt. Geheimnisse sollte es unter ihrer Führung nicht mehr geben. Deutschlands Macher sollten aufpassen was sie denken und wo sie ihre Meinung aussprechen oder hinschreiben. Eine Meinungsfreiheit gab es nicht mehr, nur Konsequenzen für das freie Denken und das Aussprechen unbequemer Inhalte. Alles was anders war, klang nach Hetze. So einfach war es zu dieser verblendeten Gutmenschenzeit. Nur ganz wenige Parteien erhoben sich für Deutschland, aber auch sie durften nicht lange existieren. Außer diese eine Partei.

Eine Alternative machte sich breit, eine Alternative die viele Politikexperten noch am Anfang belächelten. Keiner traute dieser alternativlosen Partei zu, dass sie länger als nur zwei Jahre im Gespräch bleiben würden. Aus den zwei Jahren wurden fast zwei Jahrzehnte und die hatten es in sich.

Anfangs mussten sich die Wähler dieser alternativen Volkspartei als Faschisten bezeichnen lassen, doch das legte sich, als ein christlicher Politiker von einem hilfsbedürftigen Kulturbereicherer auf offener Straße mit insgesamt 17 Messerstichen in den Himmel entsandt wurde.

Die Medien versuchten tatsächlich noch die Herkunft des Täters zu verheimlichen, aber dieser lächerliche Versuch, die Bevölkerung zu täuschen, misslang kläglich.

Eine Aufnahme einer Überwachungskamera zeigte die abtreibungspflichtige Missgeburt der gescheiterten Flüchtlingspolitik.

Die Videoaufnahme sendete man aber nicht an die üblichen Medien weiter, sondern an einen unabhängigen Kriminalberichterstatter den ich meinen Vater nenne.

Er veröffentlichte das ihm zugespielte Video mit einem ganz besonderen Kommentar. Diese Aufnahme sollte innerhalb weniger Stunden für Schlagzeilen sorgen und die Stimme meines Vaters deutschlandweit bekannt machen.

Mein Vater kämpfte für die Wahrheit, musste sich aber viele Anfeindungen gefallen lassen. Dass er ebenfalls viele Morddrohungen erhielt, kümmerte ihn wenig. Ihm ging es darum, die Gesellschaft vor den kommenden Gefahren zu schützen und ihnen klarzumachen, auf was sich das Land einstellen sollte. Mit den Jahren wurden seine zahlreichen Internetkanäle immer größer und die Reichweite stieg immens an.

Jede Persönlichkeit, die mit etwas Erfolg hatte, wurde beneidet und kopiert und so kamen plötzlich viele Möchtegern-Freiheitskämpfer auf die Idee, genauso zu handeln wie ihr Vorbild. Sie versuchten meinen Vater zu kopieren und mussten dafür bezahlen.

Was sie nicht bedacht hatten war, dass mein Vater nicht nur durch Zufall zu dieser Tätigkeit kam, er lernte über Jahre, sich und seine Mitmenschen zu schützen.

Er sah seine Arbeit als eine Bestimmung an, die ihn fand und nicht andersherum.

> *„Irgendwann, wenn ich mit allem fertig bin und nach einem Selbstgespräch eindeutig sagen kann, dass meine Familie in Sicherheit lebt, so werde ich einfach in meinen Wagen steigen, losfahren, ohne einen Plan, ohne ein Ziel, einfach meinem Freiheitsgefühl nachgehen und wenigstens einmal im Leben nur an mich denken. Daran denke ich sehr oft, die Zeit wird kommen, irgendwann!"*

An diese Zeilen aus seinem ersten Roman denke ich sehr oft. Er klang ausgebrannt und verlor seinen Fokus auf die wichtigen Dinge im Leben und arbeitete täglich wie ein Irrer, nur um der deutschen Bevölkerung die Augen zu öffnen.

Diejenigen, die ihm über Monate etliche Morddrohungen zusendeten, ihn aber nicht zu fassen kriegten, sahen ihre Chance, die neue Freiheitsbewegung zu stoppen, indem sie diese Möchtegern-Freiheitskämpfer und Amateurfilmer aus dem Weg räumten.

Innerhalb von nur acht Monaten wurden drei dieser Freiheitskämpfer in ihren Wohnungen ermordet aufgefunden, sechs weitere durften sich mit der Geräumigkeit der Intensivstation anfreunden.

Es war offensichtlich, dass eine Religionsgruppe für diese Ermordungen verantwortlich war, aber von der Polizei wurde es selbstverständlich als ein Einzelfall deklariert. Laut der Polizeisprecherin begingen zwei der drei getöteten Zeitgenossen natürlich Selbstmord, der andere starb durch einen Herzinfarkt. Zwei Tage zuvor sprach man aber noch von Mord. Die Verantwortlichen kamen damit durch, so wie immer. Über Selbstmörder durften die Medien nicht so detailreich berichten, da Selbstmord in der Gesellschaft immer noch ein Tabuthema war und man wollte ja keine Selbstmordgefährdeten in Deutschland auf die Idee bringen freiwillig zu springen.

Ein perfekter Schachzug der Regierung, um die Wahrheit zu verschleiern. Oder war es doch nicht die Regierung? Aufgedeckt wurde nichts, die Wahrheit nahmen die drei Freiheitsaktivisten mit ins Grab.

Die Lügenpresse hätte auch behaupten können, dass die Aktivisten von der Regierung ermordet worden wären, die Bevölkerung hätte diese Meldung nickend für gelesen erklärt und das brutale Vorgehen ohne Nachfragen und Hintergedanken akzeptiert. Man hätte noch hinzudichten können, dass es sich bei der Ermordung um die nationale Sicherheit handelte. Deswegen wären Ermordungen von unbequemen Zeitgenossen einfach notwendig gewesen, um die Schlafschafe nicht aufzuwecken und schon hätten die Gutmenschen nach noch mehr sozialverträglichen Ermordungen gerufen.

Deutschland war eine Marionette der USA und nur die Strippenzieher wussten, wer wirklich hinter all den Ermordungen stand.

Für meinen Vater war es eine harte Zeit. Er entschied sich, viele Jahre zuvor, noch vor seiner ersten Internet-Sendung, sich lieber hinter einem Pseudonym zu verstecken. Er wusste, dass er in der Politik nur überlebt, wenn er seine persönlichen Informationen mit Bedacht bekannt gibt. Nicht der Inhalt zählt, sondern zu welch einem Zeitpunkt man sein Wissen mit der Öffentlichkeit teilt. Nach außen hin war er ein Unternehmer, der keine falschen Freunde aber viele richtige Bekannte besaß.

Wie der Zufall so wollte, wurde er an dem Geburtstag seiner Großmutter geboren und erhielt zudem den Namen seines Großvaters.

Gott beschütze.

Die Bedeutung seines Vornamens würde ihm noch sehr oft im Leben in den Sinn kommen und das, obwohl er in einer musikalischen Familie aufwuchs, die sich bewusst von allen Religionen fernhielt. Er wurde atheistisch erzogen, fand jedoch seinen Glauben in keiner Religion, sondern erst durch eine intensive Nahtoderfahrung in seiner Kindheit. Diese Erfahrung machte ihn zu dem der er werden sollte. Angstbefreit vor dem Tod, denn er wusste, dass nach diesem irdischen und trostlosen Leben die ewige Liebe auf ihn wartet. Die Liebeserklärung Gottes.

Keine Wand war danach vor seinem Sturkopf sicher und das war wohl das Einzige, was in seinem Leben wirklich sicher war.

Ein typischer Künstler, der sich mit den Biografien großer Persönlichkeiten beschäftigte und sich von seinen sozialen Kontakten weitestgehend distanzierte. Sie wären alle nicht interessant genug, sagte er seinen Eltern. Ein Eigenbrötler, ein Philosoph, Schriftsteller, Musiker, der sich in seiner eigenen Welt einschloss, um über das Leben zu philosophieren.

Ein Satz, den er schon im Jugendalter an seine Zimmerwand schrieb, war:

> *„Ich bin nicht allein, denn die Einsamkeit ist immer bei mir.“*

Er versank immer mehr in der hoffnungslosen Menschheitsgeschichte und je mehr er sich mit der Vergangenheit und den großen Ereignissen, Katastrophen und Weltkriegen beschäftigte, umso größer wurde seine Wut auf die sinnlose Gewalt, die in uns allen lauerte.

Er hasste nicht sich selbst, er hasste nicht die Menschen, er hasste es lediglich, der Menschheit anzugehören. Die Erde wurde mit der Menschheit angesteckt und eines Tages müsste sich die Erde von dieser Grippe erholen, um endlich gesund zu werden. Er liebte seine kleine Familie und egal wie rebellisch er rüberkam, wenn er liebte, dann gab er sein letztes Hemd, um seinen Liebsten eine Freude zu bereiten.

Sein Tagebuch war voller versteckter Hinweise, mit unbekannten Symbolen, verdrehten Zahlen und mysteriösen Prophezeiungen. 2019 schrieb er einen ungewöhnlichen Traum in sein Tagesbuch, der sich einige Jahrzehnte später noch bewahrheiten sollte:

> *„Es war neblig und eine Menschenmenge bildete sich. Sie warteten. Menschen. Die atmende, fleischgewordene Hoffnungslosigkeit. Ich fuhr schon seit Jahren mit meinem geliebten Wagen quer durch Europa und wunderte mich über diese Menschenmenge, die neben den Zuggleisen stand und auf etwas Bestimmtes wartete. Ich fuhr einige Hundert Meter weiter, um meinen Wagen in Sicherheit abzustellen.*
>
> *Was war da los?*

Ich hatte in diesem Traum das Gefühl, als hätte ich mehrere Monate keine Menschenseele mehr gesehen und war ständig auf der Jagd, auf der Flucht und auf der Suche. Als ich mich den Menschen langsam näherte, erblickte ich etwa 70 Jugendliche, die in grauen und verdreckten Mänteln dastanden.

Sie reagierten nicht auf mich. Ein leerer Personenzug bretterte vorbei und ein älterer Herr tauchte plötzlich auf. Er wirkte sehr hektisch und besorgt und sprach eine sehr untergewichtige junge Frau an. Nach nur wenigen gewechselten Worten lief er in Richtung Güterzug und sie ihm hinterher.

Im Traum konnte ich mich auf einmal frei bewegen und so lief ich zum Bahnhof und fand einen unterirdischen Bunker. Ich hatte das Gefühl, als sei ich schon einmal hier gewesen, als hätte ich all das schon durchlebt oder geträumt. Ein Déjà-vu war es nicht. Es fühlte sich so an, als lägen irgendwo in der Nähe meine letzten Atemzüge begraben.

Ich entdeckte ein Laboratorium mit mehreren medizinisch genutzten Räumen, die offensichtlich für Operationen genutzt wurden. Lange nachdenken musste man nicht um zu realisieren, dass in diesem

Bunker eine Organmafia ihrer kriminellen Tätigkeit nachging. Sie organisierten die passenden Organe für wohlhabende Persönlichkeiten aus dem Ausland. Deutschland war dafür wie geschaffen. Noch immer war Deutschland Exportweltmeister und die Exporte ebenfalls immer noch Made in Germany.

Der jungen Frau wurde vor der Narkose etwas ganz bestimmtes versprochen, leider konnte ich nicht verstehen um was es sich handelte, aber sie wirkte erleichtert, als er eine Unterschrift in ihre Akte tätigte.

Niemand sah mich in diesem Traum, ich war nur ein Gast der Eingebung. Ich schwebte in diesen einen verdreckten, miserabel beleuchteten Operationsraum und sah zu, wie der Frau beide Nieren, die Leber und die Lungenflügel entfernt wurden. Egal, was sie noch in diesem Moment träumte, für sie war es das letzte Mal. Nachdem die Ärzte sie ausgeschlachtet hatten, warfen sie sie in eine Metallbadewanne, schoben sie gemütlich in einen dunklen leeren Raum und gossen Natronlauge in die Wanne. Das Problem löste sich innerhalb kürzester Zeit von selbst.

Ich lief den Flur entlang, um aus diesem elendigen Bunker rauszukommen und zwar *nur, um den jungen Menschen, die draußen auf ihren sicheren Tod warteten, mitzuteilen, dass sie gefälligst verschwinden sollen, aber sie sahen mich nicht. Sie sahen durch mich hindurch. Niemand von ihnen sah mich, ich war anscheinend nur zu Besuch hier, es war nur ein böser Albtraum. Nachdem ich aufgewacht war, weinte ich eine sehr lange Zeit. Ich hatte das miese Gefühl, als hätte ich die einsamen jungen Menschen in ihren Mänteln, die auf Hilfe warteten, in meinem Traum im Stich gelassen und ich wusste, dass tief in meinem Albtraum das Ausschlachten ihrer Körper fortgesetzt wurde und ich hatte nicht die Möglichkeit gehabt, sie davor zu warnen."*

Jede Nacht träumte mein Vater den ein und denselben Traum, immer und immer wieder und das über einen Zeitraum von vier Monaten.

Er gab diesem Albtraum, der ihn nicht losließ, einen bitteren und sehr nachdenklichen Namen: *„Deutschlands Enkel!"*

Im Jahre 2038 wurde dieser Bahnhof tatsächlich von der Organmafia für ihre illegalen Machenschaften zweckentfremdet. Die Polizei fand über 840 Skelette von Heranwachsenden und Jugendlichen in der Nähe der polnischen Grenze. Anscheinend hatte die Organmafia irgendwann die Schnauze voll davon gehabt, die Kinderleichen zu vergraben, und so wurde die Natronlauge ein treuer Komplize. Nicht, dass ich die Kriminellen kritisieren möchte, aber die Mörder gingen nicht gerade professionell vor, denn später stellte sich heraus, dass sie ihre Behälter mit Natronlauge und Schwefelsäure sogar in ihren Unterkünften aufbewahren mussten und zwar genau dort, wo sie nach Schichtende schliefen.

Irgendwie löste sich wohl ein Behälter mit Schwefelsäure und fiel auf einen der behandelnden Chirurgen, der nach einer langen Schicht kuschelsüß einschlief. Gott sei Dank hatte der Arzt so richtig Doppelpech, denn nicht nur, dass er von dem Behälter erdrückt wurde und sich nicht bewegen konnte, so war auch noch der schwere Behälter leicht beschädigt und so tropfte die Schwefelsäure dem Arzt direkt ins Gesicht. Er konnte sich nicht befreien und so schrie er um sein verkorkstes Leben. Hoffentlich genoss er seine Qualen, hoffentlich ging sein Gesicht genauso erfolgreich auf wie er in seinem Beruf.

Die Verantwortlichen, die zu ihm hinrannten, gerieten bei seinem leicht zum Kotzen animierenden Anblick in Panik und wollten die noch zuckende Chirurgenleiche ebenfalls in Natronlauge auflösen.

Zum Glück waren alle Beteiligten nicht die hellsten Kerzen auf der Organmafiatorte, denn als sie die Leiche des Chirurgen zerstückelten und ihn routiniert in einen Behälter legten, kam ein zweiter, etwas verschlafen wirkender Arzt in den Raum, um seine Schicht zu beginnen. Er sah, wie sie seinen Arztkollegen in den Behälter legten und so geriet auch er in Panik.

Er dachte wohl, dass seine Vorgesetzten schon die Ärzte aus dem Weg räumten und so rannte der ehemalige Hauptmann der Bundeswehr in den Waffenraum, schnappte sich ein G3 Sturmgewehr und lief im Bunker der verlorenen Herzen leidenschaftlich Amok. Dieser Arzt war also nicht nur gut im Menschen ausschlachten, sondern auch sehr begabt was das Schießen angeht, da er niemandem die Chance gab zu überleben, außer sich selbst.

Was mich verwundert ist, dass er sich nach dieser unmenschlichen Tat in Polen stellte. Schade, dass sich solche kranken Menschen nie selbst richten.

Je bekannter mein Vater durch seine Arbeit wurde, umso trauriger schien er zu sein. Als diese drei Freiheitsaktivisten innerhalb von nur wenigen Monaten starben, wurden im Darknet zahlreiche Wetten auf den Todeszeitpunkt meines Vaters abgeschlossen. Überraschenderweise überlebte er alle Menschen und Kritiker, die etwas gegen ihn hatten. Gott beschütze. Anscheinend schützte Gott ihn wirklich.

Ihm wurde nachgesagt dass er hellseherische Fähigkeiten besaß. Diese Gerüchte blieben von ihm unkommentiert, jedoch gab er scherzend in einem Interview zu, dass fast alles, was er aufs Blatt Papier schrieb, auch in Erfüllung ging, er passe also stets darauf auf, was er nieder schreibt.

Das Interview stammt aus dem Jahre 2021 und vier Jahre zuvor veröffentlichte er seinen ersten verwirrenden Roman, der viele Prophezeiungen für die Zukunft beinhaltete. Auf Anfragen vieler Journalisten antwortete er:

> *„Mein Buch ist eine persönliche Befreiung. Eine Befreiung meiner täglich erlebten Eingebungen. Vielleicht ist das Buch voller Fiktionen, oder aber auch eine Sammlung meiner Prophezeiungen. Die Zeit wird sich früher oder später für eine der beiden Seiten entscheiden. Ich schrieb es nicht für mich, auch nicht für euch, sondern weil ich keine andere Wahl hatte als den Worten ein Zuhause zu bieten. Worte können grässlich werden, wenn man ihnen nicht die Beachtung schenkt, die sie von einem erwarten."*

Nachdem diese Zeilen in den sozialen Netzwerken die Runde machten, stieg die Popularität seiner Arbeit noch weiter an und sein Buch verkaufte sich nach über vier Jahren immer noch sehr gut und das ohne große Werbeanstrengungen.

Niemand ahnte, was nach dieser Buchveröffentlichung passieren würde, nicht einmal er selbst und die Zeit zeigte, dass sein Buch zu keiner Märchenstunde einlud, sondern vollbepackt mit Prophezeiungen war, die sich bis heute fast alle erfüllten.

Woher wusste er das alles?

Eine Glaubensrichtung nutzte die naive Haltung der Deutschen aus, denn es gab wohl noch nie eine Nationalität, die sich selbst von innen nach außen auffraß, nur weil das schlechte Gewissen, das von außen stets von anderen Nationen aufrechterhalten werden musste, keine Heilung fand.

Sie schämten sich, die Deutschen. Aus Scham versuchte man alle europäischen Länder, die kurz vor der Pleite standen, mit finanziellen Spritzen künstlich am Leben zu erhalten. All die Bemühungen, jedes dreckige Arschloch sauber zu lecken, schlugen fehl, denn der Respekt der anderen Nationen sank ins bodenlose und die Angriffe wurden schmerzvoller, da Deutschland in alles Fremde investierte, nur nicht in sein eigenes Volk.

Jeden dritten deutschen Bürger erwartete die Altersarmut. Es war schon fast wie ein Versprechen. Wer unter 2.300 € brutto im Monat verdiente und weniger als 38 Arbeitsjahre für seine Rente schuftete, der würde garantiert in die Altersarmut abrutschen und diese Rutschpartie erlebten auch viele.

Wer etwas für das Land tat, bekam nichts zurück, außer eine Quittung auf der ganz groß draufstand:

> *„Selbst schuld. Viel Spaß mit deiner nicht vorhandenen Rente. Liebe Grüße, deine geliebte Regierung."*

Aber nicht nur bei der Rente wurde gespart, auch die Verteidigung des Landes musste dran glauben.

Mein Vater schrieb etwas sehr passendes in seinem ersten Roman:

> *„Wenn du liebst was du tust, dann arbeitest du nicht mehr, du lebst. Leider sehe ich, dass eure Politiker es hassen, für euch zu arbeiten, denn sie hassen es, etwas Positives für das eigene Volk zu tun. Für fremde Nationen sind sie aber mit Herzblut und Leidenschaft dabei. Vielleicht ist das die deutsche Mentalität, die euch ausmacht*

und euch irgendwann einmal endgültig Aus macht."

Jedes Land auf der Welt braucht eine Armee, außer Deutschland. Dieses Land soll sich nicht verteidigen dürfen, jeder Angriff muss mit verblendeter Toleranz beantwortet werden. Wie bescheuert war das Volk eigentlich? Das war die deutsche Einstellung, eine moderne Einstellung zur Rüstungsindustrie und anscheinend vergaß man, dass Freiheit und Demokratie in der Vergangenheit hart erkämpft werden mussten. Aber was wusste die Smartphone-Generation schon vom Kämpfen, Verteidigen und Leiden. Sie litten nur, wenn sich der Akkuzustand ihres Smartphones dem Ende neigte. Kämpfen, ein Fremdwort für die Gutmenschen. Probleme aussitzen und die Folgen des Wegsehens abwarten und diese Folgen ebenfalls aussitzen. Die großen Parteien Deutschlands waren zu groß zum Scheitern.

„To Big To Fail"

Dieses überhebliche Denken brachte zur Überraschung der ganz großen Altparteien drei neue herausragende Parteien im Zeitraum von 2021 und 2030 an die Macht.

Die Angst, die stets aufgebauscht wurde, mutierte zum Treibstoff, der die Wiederholung der

Geschichte ermöglichte. Man sprach von der Wiedergeburt der Nationalsozialistischen Deutschen Arbeiterpartei und dass dadurch ein neuer Führer an die Macht gelangen könnte, aber all die Angst war unbegründet, denn der neue Führer saß in einer kleinen Partei, die nur geduldig auf den richtigen Augenblick wartete, um zuzuschlagen. Vielleicht verschloss man zu der Zeit einfach nur gerne die Augen vor der schmerzenden Realität, vielleicht war aber auch alles so geplant.

Die Ängste vor neuen Terroranschlägen wurden nicht genommen, sondern für eine komplett neue Videoüberwachung der Bürger instrumentalisiert. Einige Jahre zuvor war es noch die unterschätzte Datenvorratsspeicherung, die bemerkenswert schnell im Bundestag durchgedrückt werden musste.

Etwas später wurde bewiesen, dass die neuartige Videoüberwachung keine neuen Terroranschläge verhinderte, sondern nur dazu diente, die Menschen zu kontrollieren. Aber das wussten sie auch alle. Diese Generation erstickte so langsam an ihrer falschen Toleranz, ihrer Heuchelei und der indoktrinierten Unmündigkeit.

Ab 2018 warben die Altparteien für mehr Videoüberwachung, auch wenn sie es schon Jahre zuvor ebenfalls forderten. Es ging nicht darum, irgendwelche Terroranschläge zu vereiteln, sondern darum, so viele Daten wie nur möglich über die Bundesbürger zu sammeln. Wo sie sich aufhalten, mit wem sie kommunizieren, sogar die Tätowierungen der Bürger wurden aufgezeichnet und für die Ewigkeit gespeichert. Daten zu sammeln war das neue Suchtspiel der Regierung und die konnte gar nicht genug von diesen Spielchen bekommen.

Drei Jahre später konnten sich die Deutschen in Großstädten an fast jeder Ecke beschatten lassen. Jeder deutsche Bürger war ein Teil der öffentlichen versteckten Kamera. Niemand war mehr alleine, jeder wurde beobachtet, vom lieben Vater Staat, der misstrauisch auf seine Schäfchen schaute und sich durch die Kontrollsucht einen runterholte. Er holte sie alle und holte sie runter. Sie alle haben ihre Privatsphäre mit ihren Wahlzetteln ermordet und das alles komplett freiwillig. Die Privatsphäre musste man sich vor dem Vater Staat abschminken, das wahre Gesicht der Privatsphäre war hässlich, emotionslos und trug das vernarbte Gesicht der Regierung. Einfach widerlich! Die Wähler gaben den gescheiterten Politikern weiterhin die Möglichkeit, ihr Land mit unüberlegten Gesetzen zu ruinieren. Labern, quatschen, schwafeln, das hat Deutschland über Jahrzehnte perfektioniert, aber das Handeln hatte Deutschland verlernt und die Zeitgenossen, die so etwas noch beherrschten, starben aus.

Wer nichts zu verbergen hat, hat nichts zu befürchten.

Die Wenigsten wussten, dass dieser Spruch vom Reichspropagandachef Joseph Goebbels stammt. Die Deutschen wurden zum zweiten Mal mit demselben Spruch überzeugt und zwar um sich abhören zu lassen. Manche Nationen wollten nicht aus ihren Fehlern der Vergangenheit lernen, manche Nationen brauchten ihre Zeit, aber nur Deutschland wollte alle begangenen Fehler der Vergangenheit noch einmal ausleben. Die leisen Schritte bis zur völligen Überwachung verliefen recht schnell und irgendwie wehrte sich niemand dagegen. Die Bevölkerung wusste, dass die Gesetze sowieso vom Bundestag verabschiedet werden würden, wieso sich also wehren.

Wenn man vergewaltigt wird, sich einfach entspannen und die Gier des Fremden nach sexueller Befriedigung über sich ergehen lassen und vielleicht dürfte man bei entsprechender Entspannung noch ein wenig Spaß dabei empfinden. Das war die Einstellung der Deutschen und das deutsche Volk wurde in allen erdenklichen Positionen vergewaltigt und erniedrigt.

Die Regierung verabschiedete immer die schwierigsten Gesetze bei den günstigsten Gelegenheiten und die beste Zeit, um solche unbequemen Gesetze zu verabschieden, war zu der

Zeit, als die Angst vor dem bösen schwarzen Nachbarn zum Erbrechen groß schien.

> *„Wenn wir friedlich schlafen und unsere Kinder in Frieden aufwachsen sehen wollen, so sollten wir diese Chance nutzen, unser Deutschland ein wenig sicherer zu machen."*

Das waren die letzten Worte eines Politikers vor der Verabschiedung des neuen Abhörgesetzes im Jahre 2021.

Station 2
Eine Lebensgeschichte des Grauens?

Über die Jahre integrierte sich niemand mehr in Deutschland. Es war auch keine Schande mehr, sich nicht zu integrieren, denn die Deutschen wollten ja ebenfalls lieber unter sich bleiben, die Ausländer ebenfalls. Dadurch bildeten sich Ghettos und es war nicht mehr nur ein Problem, das man leicht übersah, dieses Problem wuchs unaufhaltsam und über die Dächer des Landes. Durch die grenzenlose Einwanderung verbreitete sich eine Religion des Unfriedens wie ein Lauffeuer und erst im Nachhinein konnte man den irrsinnigen Glauben, der da praktiziert wurde, mit einer Gehirnwäsche gleichsetzen.

> *„Wir haben jahrelang in die komplett falsche Richtung geschaut und mit wir meine ich nicht mich, sondern die gesamte deutsche Bevölkerung. Wir haben versagt und unser Versagen werden uns unsere Enkel und Urenkel nicht verzeihen."*

Ein Zitat von meinem Vater aus einer seiner älteren Sendungen. Verzeihen oder auch nicht verzeihen setzt voraus, dass die Enkel und Urenkel überhaupt die Möglichkeit bekamen, das Licht des Lebens zu erblicken.

Mein Vater begann seine Internetsendungen im Jahre 2006. Zum damaligen Zeitpunkt versuchte er sich als Musikredakteur, produzierte aber auch eigene Musikwerke und veröffentlichte mehrere Langspieler unter verschiedenen Künstlernamen. Erst durch ein spontanes Video änderten sich nicht nur seine Videos, die Art wie er moderierte, sondern auch sein komplettes Leben und mit ihm, auch die Lebensansichten seiner Zuschauer.

Ein Flugzeugabsturz in Frankreich erschütterte die Welt, als ein Co-Pilot bei seinem Suizid über 149 Passagiere mit in den Tod riss. Mein Vater beschäftigte sich nicht nur mit dieser Tragödie, sondern auch mit dem Medienspektakel um den verstorbenen Co-Piloten. Obwohl nach dem Absturz nur wenige Stunden vergingen, berichteten die Medien schon über seinen Selbstmord. Es gab aber kurz nach dem Unglück noch überhaupt keine Beweise für einen Freitod. Woher hatten die Medien überhaupt diese Informationen?

Alles reine Spekulation und diese wurde als die verlogene Wahrheit an die leichtgläubigen Leser verkauft. All die vorschnellen Spekulationen verärgerten meinen Vater, der sich bis zu diesem Zeitpunkt bewusst von der Politik fernhielt. Aber zu dieser Tragödie musste er einfach etwas sagen und dazu nutzte er seinen kleinen Internetsender. Er konnte seine Meinung nicht einfach so für sich behalten, sie musste raus. Innerhalb weniger Stunden knackte das Video zu dem Co-Piloten die 100.000 Zuschauer-Marke.

Das war der Startschuss und tausende von sozialkritischen Videos sollten noch folgen. Es ging den Zuschauern ab einem gewissen Zeitpunkt nicht mehr um die Ereignisse, über die er berichtete, sondern um seine sehr herablassende, zynische und kritische Meinung, mit der er sich nicht nur Freunde, sondern auch viele Feinde machte. Die Abonnentenzahl wuchs und sein Kanal wurde zu einem der Beliebtesten in der Kategorie Nachrichten & Politik. Es war die ehrliche und auf alles scheißende Stimme, die die Leute durch ihren harten Alltag brachte. Niemand brachte die Wahrheit so schmerzhaft auf den Punkt wie mein Vater. Mit den Monaten und Jahren hörten sie ihm immer noch zu, weil er ihnen das seltene Gefühl von Freundschaft und Hoffnung vermittelte und wer gelebt hat, weiß, dass beides dasselbe bedeutet. Manche Zuschauer freuten sich schon morgens auf ihren Feierabend, denn dann konnten sie wieder seiner Stimme lauschen. Er war wie ein bester verrückter Freund, der jeden Abend in den Wohnzimmern der Zuschauer Platz nahm und ihnen erzählte, was sie unbedingt wissen sollten und immer wieder hatten sie das Gefühl, als hätten sie ihm durch das Zuhören ihre verborgenen Sorgen und Ängste anvertraut.

Drei Videos täglich. Von Montag bis Sonntag, auch an Feiertagen, sogar an seinem Geburtstag, den er an Weihnachten mit seinen Zuschauern feierte.

Er ließ sie an seinem privaten Leben teilhaben, auch an seinen Ängsten, Zweifeln und dem Mangel an Vertrauen. Dadurch wirkte er menschlich, auch wenn er täglich über die Kriminalität auf den Straßen berichtete. Egal, wie ernst er dabei auch war, er verpackte seine Gedanken anders als die anderen. Sehr arrogant, kaltschnäuzig und die Beiträge überfordernd gewürzt mit einer Brise schwarzem Humor und sehr viel Sarkasmus.

Wahrscheinlich führten er und seine Zuschauer eine Hassliebe, denn wie sie, hatte auch er dieselben Alltagsprobleme. Er zeigte sich bei all der Arroganz nicht als ein Übermensch, sondern als eine Person, die mutig durchs Leben wandert und dabei anderen lehrt, sich von den Ketten der sozialen Zwänge zu befreien.

Er wünschte sich den Erfolg, er arbeitete viele Jahre darauf hin und der Erfolg kam eines Tages ohne zu klopfen und schlug ihm dabei die Haustür ein. Seine Tagebücher zeigten uns in der Familie, wie angespannt seine Lage wohl wirklich war. Nach außen hin wurden politische Videos mit einer bemerkenswerten Leichtigkeit produziert, er warnte die Zuschauer vor den kommenden Ereignissen und bat sie endlich zusammenzuhalten. Er glaubte an jeden einzelnen Zuschauer, der dem Frieden zugeneigt war, doch wie viele von ihnen waren wirklich an dem Frieden interessiert und wie viele sind nur gekommen, um im Kollektiv zu hetzen?

Am Anfang seiner Laufbahn dachte er noch, er könne etwas bewegen. Doch leider sahen seine Zuschauer seine Bemühungen als reine Unterhaltung an. Sie liebten die Weltuntergangsstimmung in seinen Videos und die Atmosphäre, die er mit seiner bemerkenswert lasziven Stimme erzeugte. Das einzig Gute daran war, dass die Zuschauer wenigstens später nicht behaupten konnten, dass sie all die Gefahren, vor denen er täglich warnte, nicht hätten kommen sehen.

Menschen hören gerne zu, ohne zuzuhören.

Knapp zehn Jahre vor der kommenden bitteren Enttäuschung versuchte er, den Zuschauern eine Stimme zu geben, ihnen eine Plattform zu bieten. Jeden Tag erhielt er E-Mails von Zuschauern, die sich an ihn wandten. Sie schilderten ihm ihre schlimmsten Lebenserfahrungen.

Bei der Beantwortung der E-Mails kam er auf die Idee, einige wenige E-Mails in seinen Videos vorzulesen, denn viele Geschichten waren zu mächtig und mussten raus in die Welt. Die Zuschriften seiner Zuschauer durften nicht nur von einer Person gelesen werden und so gab er seinen Zuschauern eine eigene Videorubrik.

Die ersten neun vorgelesenen Leserbriefe kamen gut an, die zehnte Ausgabe jedoch sollte alles verändern. Austeja-Emilija Dominykas. Wer war sie überhaupt?

Eine Diplom-Ingenieurin schrieb ihn eines Morgens an, um ihm etwas zu beichten. Ihre Lebensgeschichte. Nichts wirklich erstaunliches, da er zu dem Zeitpunkt täglich unzählige Lebensgeschichten per E-Mail zugesendet bekam. Aber nur diese eine Lebensgeschichte veränderte auch seine.

Austeja schrieb ihn mit der Bitte an, ihre E-Mail in seinen Videos vorzulesen, da sich ihre Lebenszeit schon dem Ende neigte. Eine Leukämieerkrankung im Endstadium ermutigte sie, ihre Geschichte publik zu machen und zwar mithilfe meines Vaters. Das endgültige Video ging innerhalb weniger Wochen durch die Decke. Sogar im Ausland berichtete man über die grauenvolle und denkwürdige Lebensbeichte der Austeja-Emilija Dominykas und die Zuschauermail wurde in viele verschiedene Sprachen übersetzt.

Die gekürzte Version ihrer E-Mail.

Ihre E-Mail trug den Titel:

„Eine Lebensgeschichte des Grauens"

Vielen Dank für die vielen mutigen Videos, die du veröffentlicht hast. Menschen, die den Worten einen Klang geben und sich wagen, dies öffentlich zu publizieren und das ohne Gegenleistung und bei vollem Risiko in unserer faschistischen, deutschen Diktatur, die alles zensiert und verdreht, ist eine beachtliche Leistung. Schade, dass Menschen wie du so selten geworden sind. Die allermeisten ducken sich weg und hoffen illusionär, dass es irgendwann besser wird.

Ich möchte dich vorab darum bitten, mich als Spinnerin oder Verschwörungstheoretikerin zu betrachten, so sollte es etwas leichter sein, das Ganze zu schlucken, was ich zu sagen habe. Bitte verzeih mir die fehlenden Absätze und den ein oder anderen Verschreiber. Meine Konzentrationsfähigkeit hat die letzte Chemo mitgenommen und ich gebe mir Mühe, es beisammen zu halten.

Ich bin beruflich Ingenieurin im Tunnelbau von Überdruck-/Armierungsanlagen.

Zu Deutsch Konstrukteurin für Tiefbunkeranlagen.

Meine persönliche Geschichte beginnt im Februar 2001, wo das BBR (Bundesamt für Bauwesen und Raumordnung) für sieben Standorte eine Ausschreibung abgab, um dort Bereichssicherungsanlagen für die Bevölkerung im Falle einer Massenevakuierung zu bauen. Ich selbst und sechs andere Fachleute auf dem Gebiet fanden uns im Planungsbüro am 23. März 2001 in Kassel ein, um die genauen Vorgaben des BBK (Bundesamt für Bevölkerungsschutz und Katastrophenhilfe) näher zu erläutern.

Wir mussten zuerst zehn verschiedene Verschwiegenheitserklärungen verschiedener Ministerien unterschreiben, darunter auch zwei streng geheim eingestufte Dokumente des Bundesverteidigungsministeriums. Mir kam das da schon etwas sonderbar vor, da Evakuierungsanlagen für die Bevölkerung keineswegs als geheim eingestuft werden. Sie sind normalerweise sogar öffentlich nach Anfrage beim BBR zu besichtigen.

Am Nachmittag ging es dann per Bundeswehrhubschrauber direkt nach Ramstein Airbase, wo unser gesamter Planungsstab zusammenkam. Mir wurde die

Leitung von PG 4 (Planungsgruppe) übertragen. Danach wurde sich beim abendlichen Buffet in der Offiziersmesse der Airbase ausgetauscht und man kam sich ein wenig näher im Gespräch was die Ziele anging. Am nächsten Morgen wurden uns das Arbeitsareal und das Gesamtkonzept vorgelegt. Es sollten sieben Bunkerkomplexe gebaut werden an sieben verschiedenen Standorten in Deutschland verbunden mit Transportzügen, Materiallagerbuchten sowie unabhängiger geothermaler Strom- und Wasserversorgung aus Tiefbrunnen.

Diese Komplexe sollten für 300.000 Menschen ausreichen. Die Standorte waren Kassel, Suhl, Fürth, Simmern, Berlin West, Lüneburg und Görlitz. Die ersten Bohrungen wurden als Straßenbaumaßnahmen "getarnt" und blieben aufgrund der Zweitrangigkeit der Städte und Landkreise völlig im Dunkeln.

Wir haben uns selber gewundert, dass in den ersten beiden Baujahren meines eigenen Projektes niemand in Simmern auch nur den Hauch eines Verdachtes geschöpft hat; die Bevölkerung war ahnungslos und ist es noch immer.

2004 waren zwölf Kammern in Sohle 3 siebzig Meter tief ins Hunsrücker Gestein gegraben worden. Wir bekamen im Februar 2004 Hilfe von australischen Diamantminenspezialisten, da wir mit der außerordentlich harten Sedimentschichten weit hinter den Vorgaben waren. Im Juli 2004 hatten wir 16 Kammern fertig. Der Planungsstab des Verteidigungsministeriums brachte uns Ende Juli in Berlin zusammen, wo man uns geänderte Pläne vorgab.

Das Projekt habe sich geändert und falle jetzt unter strengste Geheimhaltung. Der Plan sah jetzt weitere 16 Kammern zur Lagerung von Explosivgütern, sowie vier weitere Großkammern mit Schwerlastaufzügen für Kettenfahrzeuge bzw. Fluggerät vor sowie zwei Areale für Simulatoren und Trainingseinrichtungen zur Simulation urbanen Territoriums. Mich verwunderte das schon und es gab auch Protest unter uns, da wir uns wahrscheinlich nicht auf ein militärisches Bunkerprojekt eingelassen hätten, wenn wir das drei Jahre zuvor gewusst hätten. Was mich am meisten wunderte war, dass auf dem Bebauungsplan eine Kapelle vorgesehen war, eine Moschee um genau zu sein.

Dagegen war eine christliche Einrichtung nicht in Planung. Im Juni 2005 waren die neuen Kammern fertig. Es gab jedoch

Probleme mit dem vielen Erdaushub. Allein durch Verdichten und Ausflötsen, wie es normale Anlagen vorsahen, kamen wir nicht weiter.

Leider kam es in Teilen des Hunsrücks zu erheblichem Baumsterben durch das Ausflötsen. Die Landesregierung schob sofort eine PR-Kampagne mit Schädlingsbefall ein. Am 14 November 2005 wurden wir zu einem Briefing eingeladen, wo uns der Bundeskanzleramtschef sowie die neue Bundeskanzlerin vorgestellt wurden, und danach, dass wir gute Fortschritte machen und unsere Projekte weiterhin höchsten Zuspruch finden würden. Kaum eine Woche später wurde diese mental etwas minderbemittelte Pfarrerstochter dann neue Geschäftsführerin der BRD Co-Operation, wie es in neudeutsch heißt. Ich nahm in diesem Winter erstmals seit vier Jahren wieder einen langen Urlaub auf Maui, gestiftet von der Rockefeller Co-Operation. Dort traf ich auch einige Politfunktionäre, die unsere Arbeit kannten und uns für ihre Bauprojekte u. a. in Kanada, den Niederlande, Argentinien oder Frankreich begeistern wollten, sobald die deutschen Anlagen "in Betrieb" sind.

Im April 2006 wurden die eigentlichen Bunker installiert. Wir haben darin so viel Spannungsstahl verwendet und so viel wasserfesten Beton, dass die Liyuan-Talsperre in China wohl in greifbare Nähe kam beim Betonverbau, ebenfalls gut 100 t LWL (Lichtwellenleiterkabel für Datentransfer). Danach kam die israelische Technikcrew, die die Energiesysteme und Beleuchtung installierte. Das Ganze war dermaßen teuer, dass wir allein 2006 das vorgegebene Budget sechs Mal nach oben korrigieren mussten und die Politik immer mehr unter Zwang kam und schlussendlich die MwSt. erhöhte, da sonst unsere Projekte aufgefallen wären. Ebenfalls mussten wir eigene Energieversorger nutzen, da der Verbrauch unserer Schwerdieselgeneratoren dermaßen massiv war, dass es dauernd Nachschubprobleme gab.

Mit der Einführung des Optimierungsgesetzes im Hartz 4 konnte man weitere 200 Milliarden für unsere Projekte aus den "Vegetables" herauspressen.

Im Januar 2007 war der Rohbau samt Elektronik abgeschlossen, dazu kamen zwei Langstreckenverbindungstunnel zum Komplex Kassel und Fürth. Die Bahnstrecke wurde in der Zeit von einem französischen

Spezialisten installiert, der auch passende Züge samt Truppentransportboxen bereitstellte. Diese Boxen waren so konzipiert, dass man sowohl von einem der 34 VTOL-Flugzeuge, als auch von den 16 stationierten Transporthubschraubern transportiert werden konnte oder eben von der Tiefbahn. Darin konnten 400 Mann voller Ausrüstung oder 16 Männer in Gefechtspanzerrüstungen oder zwei Panzerfahrzeuge Platz finden.

Sie erreichte 100 km/h und fuhr komplett unterirdisch. Der gesamte Komplex war hermetisch und in sich geschlossen. Unser Komplex hatte 16 Aufzüge, auf denen man gleichzeitig vier T14 Armatra-Panzer und 60 Mann transportieren konnte.

Die Ausstiege sind komplett getarnt als Wasserschutzgebäude, Strom-, Gas- und Funkgebäude.

Der Komplex war vollkommen nuklearsicher nach VNN 22B und würde sogar einen Direkttreffer im 500KT-Bereich ohne Druckabfall überstehen.

Die ganze Qualitätskontrolle, Innenanstrich und die ersten Installationslieferungen wie Großrechner, Sanitäranlagen usw. wurden parallel installiert.

2008 wurden wir beauftragt, weitere acht Treibstoffschächte zu bohren, um je 220.000 Kubikmeter Diesel, Schweröl und Kerosin lagern zu können.

Des Weiteren Frischwassertanks sowie ein Großlager für gefriergetrocknete Verpflegung für 200.000 Soldaten, 10.000 Hilfspersonal und weitere 6.000 Geistliche und professionelle, indoktrinierte Unterhalterinnen (Huren). Das Ganze dauerte noch bis Juni 2009.

Es wurde eine komplettes Gotteshaus installiert, wie in allen Standorten. Mir fiel insbesondere auf, dass bei der Gefriernahrung sehr darauf geachtet wurde, dass sie niemals Schweinefleisch enthielt.

Wir haben Lautsprecher für Morgengebete installieren lassen, es wurden von Rheinmetall schiffcontainerweise ABC-Gefechtsrüstungen geliefert, Pistolen, bajonettbewehrte Sturmgewehre von H&K, 10.000 t Munition, 18 Schlafräume mit Betten bestückt, insgesamt 68.000 Dreifachhochbetten, Duschanlagen für 14.000 Menschen. ABC-Duschen in den Fahrstühlen, vier Lazarette mit je sechs voll funktionstüchtigen OPs und riesige Lager voller medizinischer Güter.

Es wurden hunderte von Flachbildschirmen installiert, die arabische Botschaften vermittelten. Botschaften, dass Christen niedere Tiere sind und geschlachtet gehören, dass man niemand verschonen solle, dass es Gottes Wille sei, eine westliche Frau Respekt zu lehren von den Gotteskriegern usw. Endlos lang und in Endlosschleife.

Die ganzen Systeme brauchten dermaßen viel Strom, dass man sich Gedanken machen musste. Die Thermalanlagen lieferten nicht ausreichend Strom, die Dieselgeneratoren waren für den Notfallbetrieb und die geplanten nuklearen Kraftwerke aus Uranknappheit verworfen, daher musste schnell gehandelt werden. Da die Kanzlerin für 16 Jahre Dienstzeit (2005 - 2021) vorgesehen war, wurde kurzerhand in allen Gebieten eine PR-Kampagne vorbereitet, Windkraft und Solaranlagen überall installiert.

Einige Konzerne konnten dazu bewegt werden, ihre Dachflächen zur Verfügung zu stellen, um mehr Energie zu produzieren. So konnten wir für unsere äußerst energieintensiven Bunkeranlagen, Kühl-und Klimasysteme genügend Energie aus dem öffentlichen Netz ziehen.

2010 wurde dann die Klimawende in Gang gebracht und nach der Sprengung von Fukushima 2011 konnte man das auch problemlos durchsetzen.

2010 half ich bei verschiedenen Ministerien und Bundesbehörden, Sammelbunker unter den Städten Berlin, Köln, Hamburg, Bremen, Kiel, Düsseldorf, München und Stuttgart zu bauen.

Dir ist sicher schon aufgefallen, dass der Berliner Flughafen ein Fass ohne Boden ist. Das liegt daran, dass 95 % der Gelder für unsere Projekte abgezweigt wurden. Er wird niemals fertig werden.

Ebenfalls Stuttgart 21 ist ein solches Projekt.

Eigentlich gibt es in jeder der genannten Städte ein Großprojekt, was unverhältnismäßig viel Geld verschlingt. Dieses Geld wird für andere Zwecke, wie meines, genutzt.

In Berlin konnten wir aufgrund der Bodenbeschaffenheit nicht bohren, sondern mussten sehr viel sprengen. Gerade der Hochsicherheitsbunker der Wehrmacht, auch Bundeswehr offiziell genannt, unter dem Bundeskanzleramt war dermaßen schwer zu bauen, dass dies beinahe aufgeflogen wäre. Der beliebte KOPP-Verlag (ich bewundere den Verlag für seinen Mut) berichtete, ebenso wie einige andere, vermehrt von nächtlichen Explosionsgeräuschen in Berlin-Wedding und Mitte. Verhört haben sie sich nicht, sie haben richtig vermutet nur glaubt ihnen natürlich kaum jemand. Du kannst ja selbst ein langes Klagelied darüber singen, wie tief die Deutschen den Kopf im Sand haben. Für uns war es nur vorteilhaft. Wir konnten tagsüber wie auch nachts die Tunnel und atomschutzsicheren Bereiche sprengen und ausbauen.

Der Überdruck der Sprengungen wurde über zwei Lagerhallen in Wedding und drei Startup-Speditionen in Berlin-Mitte ausgegast, sodass man ohne Verzögerung bis 2015 weitersprengen konnte.

Mein geistiger Ruin!

Juni 2012 wurde ich zudem Projektleiterin im Planungsstab "Neues Europa" und von dort an ging es mit mir gesundheitlich bergab. 2012 wurde von der UN die Anwendung der Migrationswaffe gegen Europa 2015 insgeheim verkündet. Mit Mitteln der UN, Weltbank und der EU wurden fünf Anwerberzentren für Arbeitskräfte in Afrika und zehn weitere im Nahen Osten installiert.

Jeder, der die Kriterien erfüllte, bekam ein Smartphone und 2.500 € in bar und wurde in die genau vordefinierten Flüchtlingsrouten eingegliedert.

Die deutschen Behörden wurden informiert und koordiniert, was 2015 offiziell anlief. Inoffiziell wurde das Ganze bereits 2013 losgetreten, erst in kleineren Stückzahlen. Erst 2015 brachte man den "Entervorgang" Syrien ins Rollen.

Geeignete Anwerber sollten möglichst 20 - 30 Jahre alt sein, von guter Konstitution, zeugungsfähig (das wird geprüft), einen IQ von höchstens 90 besitzen, möglichst ungebildet, da gewaltbereiter und leichter zu steuern und möglichst Christen verachten.

Ebenfalls wurden gern Männer rekrutiert, die durch "abnormal sexuelles Verhalten" auffällig waren, wie pädophil oder homosexuell und deren Gewaltbereitschaft gegenüber Frauen zu spüren war.

Die Gruppen wurden in fünf Wellen ausgewählt:

Welle 1: Harmlose Leute und Kinder
Welle 2: Kranke Kinder und Alte
Welle 3: Leute mit ansteckenden Krankheiten, gebärunfähige Frauen, Witwen
Welle 4: Hochaggressive Jugendliche und Psychopathen
Welle 5: Rebellen und Armeeangehörige

Es sind in jeder größeren Stadt Versorgungsbunker und Lagergebäude gebaut oder angemietet worden.

Es ist geplant, sobald die Sozialsysteme zusammengebrochen sind, massiv und ohne Gnade vorzüglich gegen die "Biodeutsche Bevölkerung" vorzugehen.

Erst lässt man die Polizei einen aussichtslosen Kampf kämpfen, danach die Bundeswehr sich gegenseitig abschlachten und wenn der Kochtopf so richtig brodelt, werden die Bunker geöffnet und der dritte Weltkrieg kann beginnen.

Geplant sind mindestens 15 Millionen Deutsche, vorwiegend alte und ökonomisch Schwache ohne Gnade zu beseitigen.

Es wird Massenenteignungen geben, die dann an amerikanische Holdings günstig verschenkt werden. Die deutsche Bevölkerung wird bis 2019 keinerlei Rechte mehr haben. Wer aufmuckt wird sofort erschossen. Das wurde bereits mit dem Lissabonvertrag legalisiert. Die US-Truppen werden über Deutschland ihre Reaper-Drohnen fliegen lassen, die jeden größeren Aufstand und Menschenansammlung mit einer Hellfire- oder Napalmbombe beantworten und die Presse wird von Abweichlern und Staatsfeinden reden. Wer gegen Merkel ist, ist gegen Deutschland. Ist ein Feind der Demokratie und der Freiheit.

Sicherheit:

Halte dich von den Städten fern: Köln, Dresden, Berlin, Hamburg, Duisburg, Düsseldorf, Oberhausen, Schwerin, Potsdam, Ulm, Frankfurt und Bremen sind Städte, die auf jeden Fall völlig zerstört werden, wenn 2019 nach dem deutschen Bürgerkrieg der russische Großangriff geplant ist. Nuklear wird es nur die USA treffen, wenn China ihnen 2020 einen Besuch abstattet.

Ich zuletzt

Ich stamme aus Litauen, 45 Jahre alt, Ex-Blondine jetzt haarlos. ;-) Meine Großeltern waren Litauendeutsche.

Einst waren wir eine reiche Bauernfamilie, reich an Land und Freunden. Meine Eltern sind in den Niederlanden aufgewachsen und wurden nach dem Krieg mit Schildern begrüßt: *Haut ab wir wollen euch hier nicht.*

Bin in Nimwegen aufgewachsen und in Amsterdam zur Schule gegangen. In Hamburg habe ich dann studiert und mein Diplom gemacht. Den Doktortitel, den ich nie wieder verwendet habe, habe ich in Madrid geschenkt bekommen für eine Dissertation über Operation Riese aus der Nazi-Epoche 45 in Polen. Danach habe ich einige Jahre in der Industrie für größere Baufirmen in der Schweiz Tunnel, dann Bunker gebaut und so kam ich dazu. Ich war nie verheiratet und hatte außer meinem Hund Bedrich (verstorben vor 3 Wochen, nach Bedrich Smetana, meinem Lieblingskomponisten) und einem langjährigen Brieffreund, der in der Antarktis forscht, keine großen Berührungen mit der Außenwelt.

Ich habe Ruhe und Stille immer sehr genossen, weil sie in meinem Beruf so selten war.

Bin 2014 an Leukämie erkrankt, unheilbar, befinde mich im Endstadion und werde wahrscheinlich Silvester 2016 nicht mehr erleben. Wenn es eine Hölle gibt, dann habe ich mir sicherlich einen Platz in der ersten Reihe erkämpft und jeder Deutsche, der mir den Tod wünscht, dem mag ich das nicht verübeln. Da ich alleinstehend bin, wollte ich meine Geschichte mal jemandem erzählen, der vielleicht ein wenig von dem Wahnsinn glaubt, den ich erlebt habe. Ich hoffe du hast ein sicheres Plätzchen gefunden, wo du die kommenden Kriegsjahre überdauern wirst.

Ich wünsche dir nur das Beste und ganz viel Mut für deine weiteren Videos und Themen.

Es wäre schön, wenn du einen Auszug veröffentlichen würdest, mir fehlt leider schon die Kraft dazu. Allein das Schreiben dieser Zeilen war schon eine Mammutaufgabe.

Lieben Gruß
(Dipl.-Ing. Dr.) Austeja-Emilija Dominykas

Station 3
IRRGLAUBE

„Der Glaube versetzt keine Berge, der Glaube tötet."

Ein Zitat von meinem Vater, der sich mit den wichtigsten Religionen der Menschheitsgeschichte beschäftigte und leider in fast jeder das Böse fand. Ich frage mich, wieso ihn wohl keiner wegen seiner bemerkenswerten Ehrlichkeit um die Ecke brachte. Scheinbar hielt wohl jemand eine schützende Hand über sein Haupt. Nur durch meinen Vater kam ich selbst dazu, an eine höhere Macht zu glauben, denn es kann kein Zufall sein, dass er alle seine Feinde überlebte. Eine Textstelle aus seinem ersten Buch machte deutlich, was er von Gott hielt:

> *„Gott muss etwas Wunderschönes sein. Eine fast schon grauenhafte und gleichzeitig liebevolle Macht, die den Schlüssel zur Vernichtung unserer Existenz in den Händen hält und uns trotz unserer Verfehlungen weiter durch unser Leben trägt. Er muss gut sein. Etwas Schlechtes hätte uns schon längst ausgelöscht."*

Er verachtete Religionen, aber liebte den Glauben. Egal wie hirnrissig eine religiöse Aussage auch war, sie wurde ernster wahrgenommen als wissenschaftliche Ausarbeitungen und in Auftrag gegebene Studien. Es zeigte, dass die Menschen immer noch primitiv genug waren, um an Märchen zu glauben. Aber Gott und Religionen sind zwei unterschiedliche Paar Schuhe. Ein Mensch braucht keine Religion in sein Herz schließen, um an Gott zu glauben, denn man kann das Empfinden einer höheren Macht in sein Herz lassen, ohne sich einer Religion anzunähern.

Gott ist frei von Zwängen. Wieso sollte er uns etwas Anderes wünschen?

Die Wahrheit war, dass man die Gefahr, die von den Religionen ausging, zwischen 2019 und 2024 gewaltig unterschätzte. Die Politiker, die Gutmenschen, als auch die Medien taten alles, um die Gefahren herunterzuspielen. Es ging ständig nur um die falsche Toleranz und die erfolglose Integration. Doch diese Toleranz und die Integration wurden nur von den Christen und Katholiken gefordert.

Alle anderen Religionen durften nur fordern aber nicht gefordert werden. Erst nachdem die Forderungen dieser Religionen immer größer und lauter wurden und man es nicht einfach nur noch mit einer kleinen Glaubensgruppe zu tun hatte, stellten manche Politiker erst da fest, dass es wohl nicht sonderlich klug war, jeden dahergelaufenen Neandertaler samt seiner mittelalterlichen Religion aufzunehmen.

Es wurde nicht nur der Glaube aufgenommen, sondern auch all die veralteten Methoden der Unterdrückung aller Andersgläubigen und veraltete Weltansichten, die man hätte längst ausbluten lassen sollen.

Stattdessen reanimierte Deutschland manch totgeglaubte Glaubensrichtung wieder zum Leben. Man brachte dem Sensenmann das Atmen bei. Das Land schlief, die Führung des Landes arbeitete gegen die deutsche Bevölkerung und für die eingereisten Gäste. Der Gast war König, Hühnerdieb, Inzuchtbock und Mörder zugleich. Der Familiennachzug der Einwanderer sollte jedoch eine Entscheidung werden, an der noch die Urenkel der Deutschen zu knabbern hätten.

Das Weltsozialamt Deutschland ließ jeden Invasor rein, auch ohne jegliche Registrierung oder eine Überprüfung, wie es in Kanada oder in den Vereinigten Staaten von Amerika stets üblich war. Es genügte bei der Registrierung in Deutschland zu sagen, dass man aus Syrien floh und seine Papiere während der Flucht verlor. Syrer erhielten in Deutschland sofort ein vorläufiges Bleiberecht.

Diese Dummheit Deutschlands sprach sich rum und so gab jeder Einwanderer bei der Einreise an, ein Syrer zu sein, der angeblich vom Krieg geflüchtet sei. Überprüft wurden diese angeblichen Syrer nie mehr wieder und sie blieben für immer.

Deutschlands große Tür stand weit offen. Jeder durfte rein, keinen interessierte es, woher die ganzen angeblichen Hilfsbedürftigen kamen. Einer geht noch, einer geht noch rein.

Mein Vater war immer für die Hilfe von Kriegsflüchtlingen und dafür setzte er sich ein. Nur hatte er ein Problem mit Asylbetrügern und erwähnte dies auch. Diese Asylbetrüger wollten in ihren Ländern nichts verändern, sie wollten sich nur auf eine Abenteuerreise begeben und in einem der reichsten Länder der Welt das Leben genießen und dabei schön abkassieren. Die Deutschen zahlten sehr gerne die Zeche dafür.

Den Asylbetrügern ging es nicht darum, Schutz zu suchen. Es ging einzig und allein ums Geld. Wie kann es sein, dass man als Flüchtling bezeichnet wurde, nur weil man im eigenen Land nichts zur Stabilisierung beitrug und einfach vor den selbstgeschaffenen Problemen flüchtete, dabei die eigene Familie im Stich ließ, um Europa mit einer hoffnungslosen Kultur zu bereichern, die für die Kriegszustände in ihren Heimatländern verantwortlich war.

Diese angeblichen Flüchtlinge zahlten zwischen 3.000 und 8.000 € an ihre Schlepper.

Manche zahlten sogar bis zu 25.000 € an die Schlepperbanden.

Diese Hilfsbedürftigen konnten somit nicht allzu hilfsbedürftig sein, wenn sie über solche Geldreserven verfügten. Nur die wenigsten Deutschen hatten zu diesem Zeitpunkt solche Ersparnisse, auf die sie zugreifen konnten. Die meisten Deutschen lebten von einem Monatslohn zum Nächsten und am Ende jedes Monats hatten sie ein dickes Minus auf dem Konto.

Die Bundesregierung versuchte den Anschein zu wahren, dass illegale Asylbewerber abgeschoben wurden. Aber dass schon 2015 über 600.000 Illegale auf eine Abschiebung warteten, das konnte man nicht mehr verheimlichen oder schön reden. Ob sich trotzdem jemand für die Fakten interessierte? Wohl kaum! Kein Mensch ist illegal, sein Aufenthalt in fremden Ländern jedoch schon.

Die Statistiken wurden gefälscht und einige schlaue Zeitgenossen wussten, wo sie nach der Wahrheit suchen mussten. Nicht einmal die kriminellsten Kulturbereicherer wurden abgeschoben, nicht einmal Serienstraftäter, die mehrmals vergewaltigten und wegen versuchten Mordes auf Bewährung frei kamen. Es wurde der schlafenden Bevölkerung immer wieder eingeredet, dass die Flüchtlinge mit Schlepperbooten geflüchtet seien und dass es eine sehr schwere Flucht für sie gewesen wäre. Aber sah man auf den Bildern wirklich Anzeichen einer lebensgefährlichen Flucht oder eher Anzeichen einer lustigen Erlebnisreise? Etliche Videos tauchten auf, auf denen gut angezogene junge Männer mit Fluggepäck zu sehen waren, die bei ihrer Flucht arabische Lieder sangen und auf diesen Videoaufnahmen nicht gerade traumatisiert rüberkamen.

Wer so feige ist, die eigene Familie im angeblichen Kriegsgebiet im Stich zu lassen, um sein eigenen Hintern zu retten, der verdiente keinen Respekt, sondern Verachtung.

Viele glaubten in den ersten Jahren der Flüchtlingskrise an die verlogenen Flüchtlingsbilder der Lügenpresse. Viele dieser Bilder wurden von korrupten Journalisten inszeniert, um die Deutschen mit dem inszenierten Leid der Flüchtlingskinder zu erpressen. Wie konnte man die unzähligen Vergewaltigungen und Übergriffe in Schwimmbädern durch diese traumatisierten Flüchtlinge eigentlich erklären?

Wer mit einem Schlepperboot wirklich vor dem Tod fliehen musste, der würde nie mehr wieder angstfrei auf das Wasser schauen können, geschweige denn Frauen in einem fremden Land belästigen.

Die Vergewaltigungsopfer in Schwimmbädern waren meist Kleinkinder. Die bevorzugte Beute dieser kranken Schweine.

Was passierte nach einer Vergewaltigung? Nicht viel.

Es wurde eine kurze Meldung in der lokalen Zeitung abgedruckt und wenige Stunden später waren die Opfer vergessen und die Täter durften weiterhin ihren Trieben in den nächstgelegenen Schwimmbädern nachgehen.

Die Polizei war wirklich machtlos. Die Politik hingegen täuschte ihre Machtlosigkeit nur vor.

Der Klügere gibt nach. Also sollte die deutsche Bevölkerung sich hocherfreut als die Klügeren ausgeben, um sich den Dümmeren anzupassen, die sich alles nahmen, während die feigen Klügeren stumm zusahen, wie alles den Bach runterging. Die Klügeren waren feige. Sie versteckten sich gerne hinter ihrer politischen Korrektheit.

Die Intelligenten wussten, dass viele Statistiken der Behörden so lange geschminkt werden mussten, bis sie schön genug für die Öffentlichkeit waren. Nur die Wenigsten wollten ein Teil einer gefälschten Statistik werden, denn über Opfer sprach man in dieser dunklen Zeit nicht.

Sogar der 14. Dalai-Lama rief die Flüchtlinge ganz freundlich auf, zurück in ihre Heimatländer zu marschieren. Sie sollten beim Aufbau ihrer Heimatländer mithelfen, anstatt sich in fremden Ländern aufzuhalten. Eine Grenze war erreicht und viele EU-Länder fingen an, ihre Landesgrenzen anders zu schützen. Provisorische Absperrungen, ein paar freundliche Worte und Pfeffersprays reichten nicht mehr aus.

Ab 2019 standen keine hysterischen Gutmenschen mit Teddybären und Geldscheinen in den Händen um die Invasoren an Bahnhöfen zu bejubeln. Es standen eher unerfahrene Soldaten an den Landesgrenzen, die nur darauf warteten, ihre Sturmgewehre durch das Blut der Bedrohung zu entjungfern.

Lüge den stummen Sklaven mehrmals eiskalt ins Gesicht und irgendwann beginnen sie, die Maskerade und den Betrug, der um sie veranstaltet wird, zu lieben. Die USA wusste von all der Maskerade und den gefälschten Statistiken und Umfragen. Jedoch war jedes Land auf der Welt auch überglücklich, dass Deutschland bescheuert genug war, sein eigenes Land nicht nur zu destabilisieren, sondern die eigenen unwissenden Bürger in den sicheren Tod zu führen.

> *„Wisst ihr wie ein Volk über Jahrhunderte existieren und jede Katastrophe überleben kann? Indem es zusammenhält. Fremde nur durch sorgfältige Überprüfung in ihre Gefilde lässt und einen großen Teil des eigenen Einkommens in die eigene Familie investiert. Ein Volk sollte wie eine Familie agieren. Wer Fremde über die Familie stellt, stirbt früher oder später durch die*

gierige Hand der Fremdheit. Denn die Fremden werden irgendwann in der Überzahl sein und für ihre Familien über Leichen gehen. Vielleicht auch über eure."

Wie traurig, dass er mit diesen Worten recht behielt und seine Kritiker damit zwang, ihre eigenen Worte zu fressen, denn die Fremden griffen in den darauffolgenden Monaten ihre eigenen Unterstützer und Flüchtlingshelfer an. Sieben von ihnen starben, weil frustrierte Flüchtlinge unzufrieden mit ihren Asylheimen waren. Der Tod der eigenen Landsleute interessierte in Deutschland niemanden. Insgeheim hassten die Deutschen das Deutschland das im Sterbebett lag. Sie hassten nicht ihr Land, sondern die Saboteure des Landes.

„Manchmal frage ich mich, wieso ich denn überhaupt noch Videobeiträge über ermordete Deutsche produziere und veröffentliche. Ihr seid alle so erfolgreich im Wegsehen, Ignorieren und Dementieren, dass ich langsam daran glaube, dass ihr alle mit den Mördern unter einer Decke steckt."

Mit den Jahren resignierte mein Vater und das hörte man in seinen Sendungen. Die Abonnentenzahl wuchs, die Frustration der Zuschauer ebenfalls. Sie feierten seine Direktheit und seine rabiate Art und Weise, auf die Probleme im Land hinzuweisen, aber in den Großstädten regierte nach Jahren der Aufklärungsarbeit immer noch die Ausländerkriminalität.

Von friedlichen Demonstrationen keine Spur.

Jeder Mitbürger lebte nur für sich selbst. Die Folgen der jahrzehntelangen Umerziehung der Deutschen konnte man daran erkennen, als es darum ging, zusammenzuhalten. In U-Bahnhöfen wurden Menschen misshandelt, ausgeraubt und keiner griff mehr ein, um Opfern zu helfen. Eher griffen die Zeugen von Straftaten zu ihren Smartphones und filmten Vergewaltigungen und andere Gewalttaten. Zivilcourage war tödlich und keiner wollte für ein fremdes Leben sterben. Aus ehemals guten Menschen wurden eiskalte Narzissten, die nur an sich selbst dachten und sehr gerne zusahen, wenn Passanten auf offener Straße die Zähne gezogen wurden.

Ein Markenzeichen einer kriminellen Großfamilie war das Zähne ziehen ausgewählter Menschen und diese Großfamilie verstand ihr Handwerk ganz gut. Es kam sogar vor, dass Menschen beim Einkaufen, mitten im Supermarkt, die Zähne gezogen wurden. Die Lügenpresse machte sich über die Opfer lustig und empfahl ihnen mehrere Zahnärzte, die ihre Zahnschäden wieder richten könnten.

Multi-Kulti blieb tödlich und nur bei ausländischen Opfern berichtete die Lügenpresse und betrauerte alles und jeden. Bei deutschen Opfern mussten entweder die Fakten verdreht oder die Meldungen komplett ignoriert werden.

Eine Führerin erklärte 2010 Multi-Kulti für gescheitert, doch nur fünf Jahre später erwartete sie von ihrem Volk, dass sie das Gescheiterte schaffen sollen, alle gemeinsam, für die Führerin.

„Wir schaffen das!"

Die Zahl der deutschen Opfer stieg ab 2019 rasant an und kurioserweise waren nur ausländische Journalisten an dem Schicksal der Deutschen interessiert. Egal aus welch einer Perspektive man Europa ab 2021 betrachtete, aus dem Land der Dichter und Denker wurde ein Land von regierenden, überbelichteten Blendern.

***„Wer hat Angst vorm schwarzen Mann?
NAZI. NAZI."***

Das war der Wahlspruch einer neuen Partei, die in der Hauptstadt für ihren großen Gott warb. Dass ihr Gott Kinderehen und die Steinigung von treulosen Frauen erlaubte, sollte niemanden interessieren. Diese eine Religion vergrößerte von Jahr zu Jahr ihre Bemühungen, um in der Politik mitzumischen. Jeder Bürger hatte anscheinend besseres zu tun, als sich mit der Verteidigung der eigenen Werte zu beschäftigen. Einfach wegschauen, irgendwann wird alles wieder gut.

Christliche und katholische Kirchen waren ab 2021 das Hauptziel der Terroristen. Die Weihnachtsmärkte wurden schon Jahre davor in Angst und Schrecken versetzt, aber die Suche nach einem größeren Anschlagsziel beschäftigte die Terroristen im Lande.

2024 verbrannten 29 Christen in einer Kirche, nachdem ein Molotow-Cocktail das Sonntagsgebet wärmstens bereicherte. Zufälligerweise waren zum Zeitpunkt des Anschlags alle Sicherheitstüren verschlossen.

Es gab keinen Aufschrei, niemand war schockiert. Einige Gutmenschen waren sogar hocherfreut, dass es wieder die Richtigen traf, denn ab 2027 gehörten Christen zur Minderheit an, nachdem 2025 hunderttausende zu dieser einen Religion konvertierten. Aus Angst. Angst ist das Fundament der Religionen und egal wie oft man es erwähnt, die Wahrheit schmeckte niemandem.

Der Papst sprach davon, dass die Katholiken nicht bewerten und nicht verurteilen, sondern dieser einen Religion vergeben sollen, denn Gott würde dies begrüßen.

Im Klartext: *„Lasst schön brav eure Türen offen, lasst euch von den Raubzügen eurer Gäste positiv überraschen, wenn nicht, müsstet ihr die Hölle auf Erden erleben. Das erlebten die Christen im Hause Gottes."*

Ich weiß nicht, welcher Gott so etwas verzeiht oder weshalb die Medien auch in dieser Angelegenheit schwiegen, aber ich weiß, dass die Attentate auf Gotteshäuser keine Einzelfälle waren. Nach dem sechsten Anschlag langweilten sich die Deutschen sogar, so als ob man eine spektakuläre Steigerung erwartete.

> *„Selbst schuld. Hätten die Andersgläubigen doch nur die richtige Religion für sich gewählt."*

Internetforen waren voll von solchen geschmacklosen Zeilen.

Der Glaube begann tödlich zu werden. Viele Jahre zuvor klebte Deutschland noch schockierende Fotos auf seine Zigarettenschachteln, um den Rauchern deutlich zu machen, was das Rauchen mit dem Körper anrichtet. Wann würde wohl die Regierung ähnlich schockierende Bilder auf die Kircheneingänge kleben, um den Gläubigen zu zeigen, was denn ihre Religion so alles vergibt und verzeiht und was die Lügenpresse ignoriert und verschweigt?

Die eine friedliche Religion genoss ihre Narrenfreiheit, tötete für die Aufrechterhaltung der Familienehre, veranlasste Säureangriffe auf freiheitsliebende Frauen und trieb Religionskritiker in den Selbstmord. Ermordete wurden zu Selbstmördern. Die Welt schien in Ordnung zu sein.

Biel, eine Stadt in der Schweiz, die Uhren-Weltmetropole, mutierte zu einer Ausländerstadt. Kopftücher, kriminelle Straßenbanden, ausländische Großfamilien, die die Stadt besetzten und ab 2021 waren Hellhäutige die Ausländer dieser Stadt, denn die meisten Schweizer hatten die Schnauze voll von Multi-Kulti und zogen weg. Fünf Jahre vor der Massenflucht wurde die Ermordung einer 66-jährigen Tierärztin vertuscht, genauso auch die tausenden anderen Einzelfälle, die in der Schweiz im kollektiven Schweigen ihr Ende fanden.

Wieso ich gerade diese Stadt erwähne? Weil ich vor wenigen Tagen alte Fotos dieser Stadt fand und auf mehrere Notizen meines Vaters stieß, der heimlich um diese Stadt trauerte, genauso wie um Stuttgart, Kaiserslautern, Mannheim und viele andere Ortschaften, die er so gerne besuchte, aber ab einer bestimmten Popularität komplett meiden musste.

Er stand unter Beobachtung der Behörden. Sie erstickten seinen Drang nach Freiheit, aber er fand immer wieder Wege, unbeobachtet das noch freie Deutschland zu bereisen.

Was er bei seinen Reisen durch Deutschland entdeckte?

Einen Kulturschock nach dem anderen. Fast jede Großstadt in Germanistan ähnelte Istanbul.

Sein humorvoller Tagebucheintrag aus dem Jahre 2022 sagte eigentlich alles aus:

> *„Wen will man hier eigentlich noch verarschen? Gibt es noch jemanden, den man verarschen darf? Wo sind die Deutschen in Deutschland, die ich noch wegen ihrer miesen Ignoranz anpissen kann? Wegen wem sieht Deutschland überhaupt so scheiße aus? Wegen den Politikern oder wegen den Deutschen, die sich das alles haben gefallen lassen?*
>
> *Egal wo ich heute hinfuhr, ich sah nur Menschen, die ich ständig in diesen traurigen TV-Werbungen ertragen muss, für die man auch noch spenden muss, damit sie sich im Busch Afrikas vermehren können wie Hoppelhasen. Wer da nicht spendet, wird mit afrikanischen Kindertränen regelrecht erschlagen. Diese verdammten Entwicklungsländer. Drecksländer voller fauler*

Menschen, die sich nie weiterentwickeln wollten, nie arbeiten wollten, den Weißen die Schuld an ihrer geistigen Armut gaben und schreiend mit der ausgestreckten Hand ihrer Berufung nachgingen. FORDERN!

Was ist aus Deutschland bloß geworden? Für Deutschland sehe ich schwarz.

Wieso sollte man noch für die dritte Welt spenden, wenn die komplette dritte Welt schon hier ist? Fußgängerzonen voller südländisch aussehender Diebesbanden, laute Drecksgören, Hipsterfotzen und Kifferstricher, verängstigte und nervöse Deutsche, die sich an ihre Smartphones und Handtaschen klammern.

Wo sind überhaupt die Polizeibeamten?

Muss ich mich hier selbst verteidigen? Darf ich das überhaupt?

Und wenn ich das tue, kriege ich dann als Opfer einer Straftat, das sich gegen Gewaltverbrecher wehrt, eine krassere Strafe? Das sind unglaublich wichtige Fragen.

Stuttgart, Mannheim, Köln. Ich bin im Ausland gelandet. Ist man ein Rassist, wenn man sich unter Fremden einfach nicht wohlfühlt, weil sie sich benehmen, als würden sie jeden zweiten Weißen abknallen? Muss ich ihre bösen Blicke tolerieren und sie mit Handkuss begrüßen? Wieso muss man hier als Deutscher tausende Unterlagen ausfüllen und einem Schützenverein beitreten, um sich zu bewaffnen, während diese Rotationseuropäer besser bewaffnet sind als jeder KSK-Soldat? Wo haben diese Ausländer ihre Waffen her? Wer finanziert das alles?

Unberechenbare Idioten, egal wohin man hinblickt. Muss man alles tolerieren oder kann man auch jemanden scheiße finden? Darf man als Mensch jemanden scheiße finden, oder dürfen es immer nur die anderen? Ach ja, ich hab's vergessen, man muss alles aushalten, aushalten, aushalten, bis einem nichts anderes mehr übrig bleibt, als nur das Aushalten.

Ich bin tolerant, ich mag niemanden.

Ich fand heute alles scheiße. Wie sich wohl die Deutschen fühlen müssen, wenn sie in einem Einkaufsladen stehen und 80 Prozent der Kunden südländisch aussehende Schokohasen sind und niemand von ihnen die deutsche Sprache beherrscht? Muss wohl ganz schön bitter sein.

Schweinefleisch konnte ich heute nicht kaufen. Muss ich das wirklich noch erklären?

Mir kann es ja egal sein, ich bin eine wilde Mischung, sagt mein Vater. Ein Deutsch-Ukrainer-Russe. Ob ich mich noch irgendwie Deutsch fühle? In diesem Land?

Überhaupt nicht. Was ist Deutsch sein nochmal? Sich fremd im eigenen Land fühlen und es großartig finden? Ist das dieses Deutsch sein von dem keiner spricht?

Fresse halten, Probleme aussitzen, eine rechtsradikale Partei wählen und denken, dass die alles für einen regelt, weil man seinen Arsch für nichts und niemanden hochbekommt? Ist das dieses Deutsch sein?

Alle Deutschen hielten ihre Fressen, als ich jahrelang die Schnauze für sie aufmachte. Schaue ich mir den Müll auf den Straßen an, frage ich mich, wo das alles noch enden soll. Drogenjunkies spritzen sich hier Heroin auf Kinderspielplätzen, auf Schulhöfen werden ungestört Drogen verkauft und ich soll all das noch tolerieren?

Ich weiß, wo dass alles enden wird, aber wen juckt schon meine Meinung. Es wäre besser zu schweigen, aber für das Schweigen bin ich nicht Deutsch genug."

Mein Vater war immer zynisch, aber stets humorvoll und ich liebte seine Sendungen, in denen er ausrastete, fluchte und alles und jeden zerberstete. Das war sein wahres Ich. Egal wie ernst er dabei klang, die Intelligenten unter den Zuschauern erkannten seinen schwarzen Humor zwischen den Zeilen. Sein Leben formte ihn und so verstand er, die Gläubigen, die sich in eine Religion verliebten, um sich nicht mehr einsam zu fühlen. Er verstand nur nicht, wie man sich in eine Religion verlieben konnte, die den Teufel in die Arbeitslosigkeit trieb. Diese heilige Schrift wurde nicht mehr nur auf Straßen verteilt, sondern gehörte auch in den Schulunterricht. Es gab viel zu viele Gläubige und so setzte es sich einfach durch.

Ich las viele Kolumnen, Artikel und Zeitungsausschnitte aus dieser Zeit und in jedem geschriebenen Satz konnte man die Zukunft herauslesen. Es war nicht schwer, aber nachdenken war halt nicht die Stärke eines satten und toleranten deutschen Gutmenschen. Je offensichtlicher die Wahrheit zu sein scheint, umso ignoranter die Reaktion auf diese. Was ich bis heute nicht verstehen kann ist, wieso jeder Journalist, Politiker und Redakteur dieser Zeit sich gegen die eigene Nationalität stellte und die fremden, gewaltbereiten Eindringlinge über etliche Jahre als die Befreier der deutschen Kultur darstellte.

Die Einzigen, die sich beim Zerfall Deutschlands dagegenstellten, waren Spätaussiedler. Die vergessenen und verlorengegangenen Spätaussiedler standen für die bequemen und verängstigten Deutschen auf, die sich jahrzehntelang einen feuchten Dreck um die Spätaussiedler und ihre Probleme scherten.

Sie demonstrierten gegen die Überfremdung. In Kasachstan wurden sie als Faschisten bezeichnet. Als sie zurück nach Deutschland kamen, in ihre Heimat, durften sie sich von Deutschen als Scheißrussen bezeichnen lassen. Die Deutschen wussten nichts über die Geschichte der Spätaussiedler. Die Deutschen wussten nicht einmal über ihre eigenen Wurzeln Bescheid. Ein Armutszeugnis, ausgestellt von der Ignoranz, die sich die Toleranz nannte.

Spätaussiedler, die wahren Deutschen, erhielten zur damaligen Zeit nur wenig Unterstützung von der Regierung, mussten aber Jahre später schockiert zusehen, wie kriminelle Flüchtlinge und Asylbetrüger in jeglicher Form Unterstützung erhielten. Die Ungerechtigkeit war bitter, die Eifersucht groß und verständlich. Deutschland interessierte sich 35 Jahre lang nicht für ihre Spätaussiedler und wegen der furchtbaren Vergangenheit wurden sie immer noch als die bösen Russen angesehen. Heimatlose Deutsche, fremd im eigenen Land, in einem Land, wo der Fremde das große Stück vom Kuchen abbekam, weil Toleranz über Nationalstolz und Heimatliebe stand.

Spätaussiedler. Heimatlos, verachtet und gehasst.

In fast jeder deutschen Familie gab es irgendeine erfundene schreckliche Geschichte über die bösen Russen. Irgendein Urgroßvater wurde entweder von einem Russen angeschossen, ermordet, sexuell missbraucht oder das eigene schlechte Gewissen ließ der deutschen Familie einfach keine Ruhe. Wenn das schlechte Gewissen nicht bereinigt wird, entsteht Hass und dieser hässlichen Fratze waren viele zurückgekehrte Spätaussiedler schonungslos ausgesetzt. Es sind Zurückgekehrte, echte Deutsche, keine Ausländer. Damit beschäftigte sich mein Vater seit seiner Kindheit. Er war selbst ein Spätaussiedler, der die hässliche Fratze der Deutschen von Kindesbeinen an zu spüren bekam. Er wuchs in Deutschland auf, geboren aber in einer großen Stadt der Sünde, in der man nicht nur Perspektivlosigkeit fand, sondern auch die Lust zu sterben. Im Alter von fünf Jahren kehrten er und seine Familie zurück in die Heimat seines Vaters zurück. Deutschland. Das Leben war nicht einfach und die Deutschen kümmerten sich tagtäglich nur darum, es meinem Vater noch unerträglicher zu machen.

„Ich kam mit meinen Eltern und meinen zwei Geschwistern nach Deutschland und das Erste, was wir lernten, war, dass wir nicht willkommen sind. Wenige Wochen nachdem wir am Flughafen Bonn ankamen,

wurde ich 1993 eingeschult und genau hier begann die wohl schlimmste Zeit meines Lebens. Dieses Jahr sollte mir für immer in Erinnerung bleiben, denn Mobbing war das Erste, was ich als Willkommensgeschenk in der Schule überreicht bekam. Im Schulbus saß ich ganz hinten und leider war ich der einzige russischsprechende Junge. Ich fühlte mich alleine, ausgegrenzt, missverstanden und fremd. Ganz egal, wie sehr ich versuchte, mich zu integrieren, sie verschlossen alle Türen, damit die Freude des Lebens keinen Weg in mein Leben fand. Noch heute denke ich ab und zu an die Schreie der Schüler in diesem verdammten Bus. Ihre Tritte, Schläge und Worte trafen mich aber nie. Jeder dritte in diesem Schulbus prügelte auf mich ein oder schikanierte mich, sie fühlten sich alle so stark. Ich wollte mich nicht wehren, da ich wusste, dass ich durch die Gewalt alles noch verschlimmern würde. Ich prügelte mich in meinem Geburtsort mit drei Jahre älteren Straßenschlägern. Ich wusste, dass ich jeden in diesem verdammten Bus unter die Räder bringen könnte, ich wollte es aber nicht. Ich war größer als die Wut, die sich durch ihre Handlungen ernährte. Meine Vernunft war größer als ihre bemitleidenswerte Fremdenfeindlichkeit.

Das Schlimmste war aber nicht der Hass der verfluchten deutschen Kinder, sondern der rassistische Busfahrer. Als er am zweiten Tag mitbekam, dass ich ein Russe war, schrie er diesen einen Satz, den ich bis heute nicht vergessen kann. Es hat sich in mein Gehirn eingebrannt.

Macht den verfickten Russen fertig. Soll er gefälligst zurück in sein Land wo er hingehört.

Ich gehörte aber hierher, Deutschland war mein Land. Es gab hier keine Liebe für mich, nur Enttäuschungen, Ausgrenzungen und der Hass auf mich, obwohl sie mich nicht einmal kannten. Nur weil ich woanders geboren wurde, hieß es also, mich für etwas hassen zu dürfen, für was ich nichts konnte? Deutschland war das Land, wo nicht nur meine Hoffnung starb, sondern auch mein Charakter zerbrach und sich zu dem formte, der ich heute bin.

Deutschland ist der Friedhof meiner verlorenen Hoffnung an die Menschheit und das Zuhause einer Wurzel, die mich nicht mehr interessiert."

Station 4
DIE UNMENSCHLICHKEIT TRÄGT NAMEN, KEINE GESICHTER!

Eine Drogeriekette lag drei Jahre nach dem Ableben der Führerin im Sterben, denn 184 Kunden wurde nach einem Kauf einer Gesichtscreme die Gesichtshaut weggeätzt. 12 Käufer einer beliebten Shampoo-Marke verloren an demselben Tag ihr Augenlicht. Das alles waren keine Einzelfälle mehr. In drei weiteren Läden dieser Drogeriekette wurden verschiedene Kosmetikartikel mit unerwünschten Chemikalien verfeinert.

Wer schön sein will, muss leiden.

In Drogerieläden fühlten sich die feinen Damen und Herren wie im Paradies. Überall standen Hilfsmittel zur Steigerung des Selbstwertgefühls, Produkte der Täuschung und Parfumproben luden zum Mitnehmen und Verschenken ein. Das Gesicht der Schönheit wurde an diesem einen Tag mit einem Lebewohl ausgewaschen und mit Leid und ewiger Unzufriedenheit ersetzt. Vier Monate später fuhr ein Taxifahrer eine Schwangere im siebten Monat in ein heruntergekommenes, ehemaliges Schulgebäude. Der Taxifahrer war wahrscheinlich ein ehemaliger Chirurg, denn er verfügte über medizinische Kenntnisse, die man sich nicht einfach so in der nächstgelegenen Bibliothek aneignen konnte.

Er betäubte die Schwangere und brachte ihr Baby per Kaiserschnitt zur Welt. Er wusste ganz genau, was er tat. Als die Frau aus der Narkose aufwachte, sah sie ihr totes Baby, frisch zubereitet auf einem Schnellgrill, knusprig braun mit Petersilie und Rosmarinöl verfeinert. Sie war gefesselt, ihre Schreie mussten lange angedauert haben, da sie sich die Stimmbänder von der Seele schrie. Der Taxifahrer ließ sie schreien.

Er genoss ihre Trauer, ihre Verzweiflung und den Verlust in ihrer Stimme und nährte sich von ihrer Lebensenergie.

Der Taxifahrer kannte die Frau, denn sie war eine aufstrebende junge Politikerin einer christlichen Partei und eine Befürworterin von späten Abtreibungen. Er gab ihr somit das, was sie stets in ihren Reden im Bundestag predigte und nahm ihr genau das, was sie vielen Männern ebenfalls genommen hat. Ein Kind!

Sie nahm vielen Männern die Chance, Vater zu werden, die Vaterfreuden zu erleben, mitzuentscheiden. Denn Frauen durften immer noch über ihre Schwangerschaft entscheiden, Männer waren nur Samenspender und Geldgeber, ohne Mitspracherecht. Ein echter Mann habe eine Abtreibung zu akzeptieren, denn eine Frau entscheide nun mal selbst über ihren Körper, aber dass in ihrem Körper das Kind des Mannes aufwächst, das wurde nur ungerne thematisiert.

So viel zum Thema Gleichberechtigung. Der Taxifahrer war wohl einer dieser traurigen potenziellen Väter, die durch eine Abtreibung ihrer Vaterfreuden beraubt wurden. Sein Hass war groß, unmenschlich groß!

Er verabreichte ihr eine hohe Dosis eines Halluzinogens und redete ihr ein, dass ihr Kind in ihrem Bauch auferstehen könne, aber nur, wenn sie es vor ihm verspeise.

Sie tat es.

Neun Stunden später fand man sie verwirrt an einer Bushaltestelle, wo sie verzweifelt umherirrte und jeden Passanten nach ihrem Kind fragte. Der Taxifahrer ließ sie leben. Sieben Monate später erhängte sie sich im geplanten Kinderzimmer ihres verspeisten Babys. Eines hatte der Taxifahrer damit erreicht. Die Politiker sprachen zum ersten Mal über die Abtreibungen in Deutschland. Durchgesetzt wurde nichts, seine Taten wurden niemals aufgedeckt und so mordete er weiter. Die kulturelle Bereicherung lief auf Hochtouren.

Viele deutsche Frauen standen auf südländisch aussehende Männer, da ihnen die eigenen deutschen Männer zu freundlich und nett rüberkamen. Die Frauen nannten sie Schlappschwänze, Ja-Sager, offene Geldbeutel, die ihr letztes Hemd für diese nimmersatten Mannsweiber ausgaben. Viele Frauen träumten von Sexabenteuern und standen ganz heimlich auf häusliche Gewalt und ließen genau deshalb nur Alphatiere an ihre ausgeleierten Geschlechtsteile ran.

Man muss kein Genie sein, um zu verstehen, dass viele läufige Samentoiletten genau dort abhingen, wo man intelligente Frauen niemals antraf. Es war eine kranke, sexgetriebene Generation in einer verkehrten, lieblosen Welt. Alles drehte sich nur um Sex, Geld und Statussymbole, eigentlich so wie immer, aber diese Generation hasste sich selbst und der breitete sich unaufhaltsam aus. Männer hatten unglaubliche Angst um ihre Frauen. Angst davor, dass sie vergewaltigt werden könnten und viele scheinheiligen Frauen taten alles dafür, um solch eine schreckliche Erfahrung mitzuerleben.

Wer war schuld an ihren kranken Phantasien?

Sie vergaßen, dass das Leben kein Fetisch-Roman war, man kann aber Idioten nicht vor ihrer eigenen Idiotie beschützen. Die Lieblingsbücher der Frauen waren zu der Zeit nur perverse Sexromane, in denen meist ein gefühlloser Soziopath die Frauen unterdrückte, verprügelte und stundenlang vergewaltigte. Eine erregende Vorstellung für viele verdorbenen Schlampen, die Frauen genannt werden wollten.

Naive junge Tussen freundeten sich mit der zugeschwommenen Gefahr an. Vor dieser Gefahr warnte die Polizei, denn fast täglich wurden Frauen Opfer von Vergewaltigungen und vielen von ihnen wurden die Zähne ausgeschlagen, die Gesichtsknochen gebrochen und die Klitoris mit einem Daumenmesser entfernt.

Zwei Jahre vor dem Ableben der großen deutschen Führerin existierte keine Frauenbewegung mehr. Die Feministinnen, die Jahre zuvor so schön für die Gleichberechtigung demonstrierten, verstummten und zogen sich in Dörfer zurück, denn da gab es noch so etwas wie Sicherheit, Ordnung und verzweifelte Männer, die jede abgewrackte Stadtmatratze zur Frau nahmen.

Diese Feministinnen wollten Gleichberechtigung und genau darum mussten sich nicht die Frauen, sondern natürlich die schlappschwänzigen Ja-Sager kümmern. Aber es herrschte doch Gleichberechtigung? Wieso taten die Frauen selbst nichts dafür?

Anscheinend funktionierte die Gleichberechtigung für die Feministinnen nur, wenn sie die guten Seiten aus der männlichen Welt nahmen, die schlechten Seiten jedoch weiterhin den Männern überließen. Frauen beschwerten sich, dass es keine echten Männer mehr gebe. Aber wie kann eine Frau nach einem Mann suchen, wenn alles, was sie ausmacht, künstlich ist.

Falsche Wimpern, operierte Brüste und Schamlippen, Po-Implantate, Push-Up-BH‘s, tonnenweise Schminke im Gesicht und eine lange Liste von Geschlechtskrankheiten. Die Schönheit war nur ein Lockmittel. Die Männer waren die Gejagten und hinter dieser künstlichen Schönheit der Frau versteckte sich meist eine sehr unattraktive, talentbefreite und einsame Dame, die an ihrer unerfüllten Liebe zerbrach. Zu dieser dunklen Zeit erkämpften sich die Frauen nichts mehr. Sie erwarteten von den Männern, dass sie für die Gleichberechtigung der Frau kämpfen und die ganze Drecksarbeit für sie verrichten sollten.

Gleichberechtigung fordern, aber nichts dafür tun. Nicht kochen können, nicht putzen wollen, die Hausarbeit den Männern überlassen und in jedem Streit und Konflikt die Schuld bei den Männern suchen. Der Mann musste für alles zuständig sein und sich dabei noch fröhlich anspucken lassen, weil er ja an allem schuld war, sogar an den Hängetitten seiner eigenen Frau, denn sogar übergewichtige Blauwale durften sich in Deutschland schön nennen.

Was war das für eine gestörte Frauenwelt?

Männer durften nicht mehr selbst entscheiden, was schön ist und was nicht.

Die Frauen hatten die Entscheidungsgewalt und natürlich nickten die Schlappschwänze artig, weil sie hofften, dass diese abartigen Mannsweiber irgendwann einmal ihre unrasierten Beine für sie breitmachen. Aber Fehlanzeige.

Ein Gentleman geht am Abend nach einem überteuerten Date mit einer hungrigen und frigiden Frau, die sich im Restaurant auf seine Kosten vollfrisst, immer alleine ins Bett. Ein Arschloch hingegen muss nicht für die Frau zahlen, er kommt einfach bei ihr Zuhause vorbei, knallt sie ein paar Minuten, schwängert sie, wenn es unbedingt sein muss, scheißt auf ihre Gefühle und Verhütungsmittel, zwingt sie zum Kochen und Putzen und verschwindet wieder, ohne sich jemals bei ihr und ihrem gemeinsamen Kind zu melden.

Darauf standen die Tussen dieser denkwürdigen Generation und so mussten sich gute Männer ändern, um geliebt zu werden. Aus guten Männern wurden böse Arschlöcher, aus bösen Frauen wurde nichts! Die Männerwelt veränderte sich und die Dämlichkeit der Männer verschwand immer mehr. Manche Politiker meinten, dass die Frauen für sich und ihre Taten dieselbe Verantwortung übernehmen sollten, wie es die Männer auch immer tun mussten.

Welpenschutz war Geschichte. Wenn die Frau was wollte, hatte sie dieselben Rechte, Möglichkeiten und Pflichten. Und genau diese harte Gleichberechtigung schmeckte den Feministinnen nicht.

Sie wollten wieder die alte schlampige Frauenrolle zurück. Keine Ausbildung machen, sich von irgendeinem Arschloch schwängern lassen, Zuhause sitzen und sich als eine starke Frau verkaufen. Das einzig starke an diesen Emanzen war nur ihr Mundgeruch. Meist roch er nach frischem Sperma des Nachbarn.

Die Männerwelt kritisierte das bequeme Leben der Versagerfotzen. Es wurden damit auch wirklich nur Schlampen angesprochen, die in ihrem Leben nichts leisten wollten, außer natürlich mehrere ungewollte Bastarde aus sich herauszupressen. Alle anderen Hausfrauen mit Niveau wurden in der Gesellschaft respektiert. Echte Männer wussten, dass Hausfrauen nur an die Familie dachten und sich selbst dabei vergaßen. Eine Hausfrau war der heimliche Chef im Haus, die Hausfrau war jedoch schlau genug, um ihrem Mann das Gefühl zu geben, dass er die Hosen anhatte.

Das gefiel den Feministinnen natürlich überhaupt nicht, aber es interessierte sich einfach keiner mehr für die Feministinnen. Feminismus wurde nur von unattraktiven und talentbefreiten Schlampen gebraucht, da sie wussten, dass ein guter Mann niemals in ihr Leben treten würde. Das einzige, was in ihr Leben trat, war nur der hässliche Bastard in ihrem Bauch. Seitdem täglich Frauen sexuell belästigt und wöchentlich an U-Bahnhöfen ermordet wurden, hielt man sich lieber an die Aussagen der Männer, als an die sinnbefreiten Meinungen der übergewichtigen Feministinnen, die sich heimlich nach einer Vergewaltigung sehnten. Psychisch gestörte Bloggerinnen schrieben über ihre einfallsreichen Vergewaltigungsphantasien.

Diese Bloggerinnen waren so dermaßen ungepflegt und unattraktiv, dass ihr Wunsch nach Geschlechtsverkehr nur durch eine Vergewaltigung möglich war. Eine verdorbene Gesellschaft, verängstigt, verwahrlost und geboren, um zu lächeln.

Station 5
Perestroika 2030

„All die verantwortlichen Politiker können sich nicht mehr hinter ihrer Vergesslichkeit verstecken, sie müssen für ihre Fehler büßen. Nicht nur der Tod der ehemaligen Führerin veränderte etwas Entscheidendes. Die Menschen müssen lernen, sich für andere einzusetzen."

Diese Zeilen veröffentlichte eine neue herausragende Volkspartei in Deutschland, die in kürzester Zeit die Herzen der vergessenen Deutschen eroberte. Die Politiker dieser Partei schauten Machern nicht mehr beim Machen zu, sie packten auch selbst an. Ihr Parteiprogramm war pur Deutsch. Es ging nur noch darum, das Land zu dem Land zu machen, auf das sogar die gefallenen deutschen Soldaten im zweiten Weltkrieg stolz gewesen wären.

Auf einer Veranstaltung in Berlin hielt der Parteichef eine Rede:

> *„Die größte Volksverbrecherin Deutschlands glitt aus ihrem verlogenen Leben und hinterließ uns vor drei Jahren ihr Lebenswerk. Ihr Lebenswerk, das wir nie wollten. Sie hinterließ mit ihrem Lebenswerk nur Leid, Identitätskrisen, Ausländerkriminali-*

tät und Elend. Und egal, wie verschlafen Deutschland auch war, wir sind nicht mehr hungrig genug, die Lügen der Volksverräter zu fressen. Deutschland den Deutschen, auf immer!“

Auf diese Rede reagierte mein Vater noch am selben Abend in seiner Liveshow:

„Ich arbeitete mir den Arsch für Deutschland ab und riskierte diesen für Menschen, die mich im Stich ließen als ich mich vermehrt für den Frieden interessierte. Es ging mir nicht mehr nur darum, die Kriminalität auf Deutschlands Straßen aufzuzeigen, sondern auch Lösungen anzubieten.

Ich war über Jahre mehr Politiker als die meisten führenden Politiker dieses Landes. Ich wollte, dass Deutschland die Probleme löst, die lösbar waren. Die Lösungsvorschläge interessierten aber niemanden und so wurden lösbare Probleme durch unlösbare ersetzt. Scheinbar können manche Untermenschen nicht ohne das Drama dieser Welt leben. Wenn die Angst nicht mehr existiert, dann erfindet man Feindbilder, um sich das Leben spannender und unterhaltsamer zu machen. Unsere Feinde, die wirklich existierten, wurden nicht gestürzt, sondern wieder und immer wieder gewählt. Ein Land der Heuchelei. Das, was eure neue nationalsozialistische Partei euch jetzt verkauft, sind Reden, die eure Vorfahren im letzten Jahrhundert noch kurz vor dem zweiten Weltkrieg zu hören bekamen und jeder feierte die kranken Ideen. Das Blut, das danach vergossen wurde, feierte aber niemand, außer den Besatzungsmächten, die euch immer noch im Würgegriff halten.

Ist es nicht interessant, dass eure Besetzer schon in Hitlers Pläne investierten und ein Jahrhundert später ebenfalls in diese neue Partei, die ihr alle so sehr feiert? Fällt das wirklich keinem auf oder seid ihr alle zu den Gutmenschen mutiert, die ihr noch vor 15 Jahren gehasst habt?

Ihr dürft jetzt alle entscheiden, wie ihr in die Zukunft marschiert. Ihr marschiert derzeit bewaffnet in Richtung Krieg, den keiner von uns braucht und nötig hat. Diesen nächsten Krieg haben nur diejenigen nötig, die auch schon vor 15 Jahren ihren Arsch nicht hochbekamen und alle anderen für ihr Scheißleben verantwortlich machten.

Es existiert kein Raum mehr für Nörgler. In dieser Zeit nicht mehr. Die Ausländerkri-

minalität haben wir seit drei Jahren im Griff. Man kann wieder abends in Parks herumspazieren, wo noch wenige Jahre zuvor Schwangere und Hilfsbedürftige ausgeraubt, verprügelt, vergewaltigt und ermordet wurden.

Wir leben im Jahre 2030, wir schauen nicht mehr verdutzt und hilflos auf unsere unmenschlichen Gewaltverbrechen, wie in den Jahren 2017 bis 2026. Wir haben uns verändert, aber zum Guten. Natürlich gibt es immer mal wieder Gewaltverbrechen von Migranten, aber die Deutschen taten es doch auch im leisen Bürgerkrieg, es sind doch nur ein paar Jahre vergangen.

Jeder konnte auf den Straßen tun und lassen was er wollte.

Vermisst ihr das etwa? Ich nicht!

Ich bin froh, diese eiskalte Zeit überhaupt überlebt zu haben. Ihr habt euch alle gewehrt. Deutschlands Rache auf den Straßen war blutig und es endete, Gott sei Dank, friedvoll.

Wieso können wir die Freundschaft, die wir jetzt haben, nicht einfach verstärken? Wir sollten nicht versuchen, noch glücklicher werden zu wollen, denn genau dann verliert sich das Glück in der Selbstverständlichkeit. Nach tausenden von Videos *und sieben veröffentlichten Büchern möchte ich niemandem mehr Ratschläge geben der nur den Unfrieden im Schilde führt.*

Bedenkt, was ihr wählt, bedenkt, wen ihr wählt."

In seiner zweitstündigen Sendung sprach er diese Sätze aus und traf seine treuen Zuschauer mitten ins Herz. Er sprach dazu über die Bösartigkeit der neuen Partei und appellierte an die Vernunft der Bürger. Die Deutschen sollten endlich lernen, ihr Land mit anderen Neudeutschen zu teilen. Ihre Missgunst war der Antriebsstrang des leisen Bürgerkrieges. Es gab nichts mehr zu bemängeln. Deutschland wurde in den letzten Jahren erwachsen und mit Deutschland meinte man jeden, der sich in Deutschland auch integrierte. Die ehemals nicht Integrierfähigen zahlten im Jahre 2030 brav ihre Steuern, spendeten sogar Geld, lernten die deutsche Sprache, passten auf andere Bürger auf und lebten und feierten die deutsche Kultur, während sie ihre eigene friedvoll pflegten. Dieser Zusammenhalt war einzigartig.

Eigentlich ging es der deutschen Bevölkerung noch nie so gut wie 2030. Der leise Bürgerkrieg brachte Früchte, ganz egal wie brutal er auch war. Die ungeschönten Arbeitslosenzahlen sanken wirklich, die Einwanderungspolitik wurde drei Jahre zuvor verschärft, eine weitere Flüchtlingswelle konnte Europa somit nicht mehr treffen, denn die Grenzen waren alle dicht. Die Zeit der Hilfsbesoffenheit war vorbei, der Entzug erfolgreich überstanden, der Kranke erholte sich und war wohl auf. Deutschland wurde wieder gesund.

Bei der neuen und überragenden Einwanderungspolitik wurde mein Vater ab 2028 als Berater und Experte eingesetzt. Endlich wurde er nicht mehr nur als ein Regierungskritiker und Schriftsteller angesehen, sondern auch als Politiker ernstgenommen. Und die Möglichkeit, in der Politik mitzumischen, nutzte er vorbildlich und von ganzem Herzen. Innerhalb von nur 13 Jahren veröffentlichte er sieben erfolgreiche Bücher.

Früher noch erhielt er täglich Morddrohungen und sah sich gezwungen, eher zurückgezogen zu leben. Aber im Jahre 2030 schien seine Arbeit fast erledigt zu sein, denn er war glücklich.

Er erkämpfte sich seinen Erfolg und überlebte seine Feinde und genau dann, als er mit Deutschland zufrieden war, kam ein unerwartetes Problem, das man einfach nicht auf dem Schirm hatte. 2017 war Deutschland noch unreif und mit der Flüchtlingswelle überfordert. Doch 2030 war ein Jahr, wo sogar die verhassten Religionen zusammen an ihren Fehlern arbeiteten. Die Menschen wurden wieder glücklich, jeder verdiente es im Glück zu baden. Denn was zwischen 2022 und 2026 auf Deutschlands Straßen ablief, konnte man nur als einen schrecklichen Albtraum bezeichnen.

Der leise Bürgerkrieg, der lautlos hunderttausende Existenzen vernichtete.

Die eine Religion, die noch Jahre zuvor von meinem Vater kritisiert wurde, distanzierte sich nach dem leisen Bürgerkrieg von den Übersetzungsfehlern ihrer heiligen Schrift.

Zum ersten Mal wurden Verse überarbeitet, damit nie mehr wieder Ungläubige und Andersgläubige den Terroristen zum Opfer fielen. Das forderte mein Vater seit 2015. Seine Forderungen wurden somit erst 15 Jahre später erhört.

Die Gläubigen dieser Religion schämten sich für ihre blutige Vergangenheit und beschlossen, für eine friedliche Zukunft friedliebend zu kämpfen. Ehrenmorde und Vergewaltigungen gab es fast nicht mehr.

Die alten kritischen Videos meines Vaters, als er noch alles und jeden zerberstete, erlangten Kultstatus. Sie waren mit dafür verantwortlich, dass die Schlafschafe in Deutschland endlich ihre Augen öffneten. Diese Religion, die er über ein Jahrzehnt kritisierte, lud ihn zu sich in ihre Gotteshäuser ein. Er sollte in Berlin in einem ihrer Gotteshäuser freundlich empfangen werden. Er wäre immer willkommen und ihr Gott würde ihn lieben, denn ihr Gott liebe die Mutigen und Gerechten.

Ich betrachte mir gerade drei Fotos von ihm aus dieser Zeit. Ein Foto, das mein Vater sogar einrahmen ließ, lag ihm sehr am Herzen. Da posierte er mit den Gläubigen in Berlin. Er wurde von ihnen immer reich beschenkt und gerne gesehen und seine Freude sah man endlich auch in seinen stets traurigen blauen Augen. Sie strahlten und funkelten. Sein Glück fand ihn endlich.

Vielleicht war das seine Bestimmung. Die Integration voranzubringen, die Rolle des Arschlochs für knapp 15 Jahre zu übernehmen, als ein Sprachrohr für Ungehörte zu dienen, unterschiedliche Kulturen zusammenzuführen, sie aber auch dazu zu bringen, sich zu ändern.

Es war ein langer Weg und mit der neuen aufstrebenden Partei sollte sich leider vieles zum Negativen ändern.

Deutschland beschloss lieber zu sterben, als noch einmal von Volksverrätern regiert zu werden. Auf einmal wurde mein Vater für diese nationalsozialistische Partei zu einem Volksverräter, weil er sich entschied, im Frieden zu leben und für die Freiheit zu kämpfen. Er wurde zum Feind, weil er nicht mehr bereit war, Religionen zu kritisieren. Mein Vater wurde zu einem Problem.

Es war der Tag, an dem Deutschland beschloss zu sterben.

Deutschland vergaß nicht, das Volk verzieh nicht mehr und das Schlimmste war, dass das Volk in den Genuss kam, sich wieder rächen zu müssen. Rache kann etwas Aufbauendes sein und die Rache des Volkes traf nicht nur die Politiker, die Religionen und korrupten Polizeibeamten, sondern das Volk selbst. Wer nicht für diese Partei war, der war automatisch gegen Deutschland. Wer sich weigerte mitzumarschieren, der war ein Volksverräter. Diese Partei lebte all das aus, was mein Vater noch 15 Jahre zuvor an den Religionen kritisierte.

Jeder einzelne Politiker, der 15 Jahre zuvor in der Flüchtlingspolitik involviert war, musste um sein Leben bangen. Die Familien der Politiker standen unter Polizeischutz. Aber auch das hinderte das Volk nicht daran, jeden einzelnen Menschen, der zur Familie gehörte, eiskalt auszulöschen.

Es schien, als sei das Land hypnotisiert. Nur wenige aufgeweckte Beobachter warteten darauf, bis der unbekannte Hypnotiseur bis drei zählt und mit dem Finger schnipst. Früher gehörte die Rhetorik zu den Fähigkeiten eines jeden Politikers, um im politischen Lügensumpf die Karriereleiter aufzusteigen. Aber auch das änderte sich. In der alles verändernden Zeit wurde jedes Versprechen, sei es vor, während oder auch nach einer Wahl, von einer unabhängigen Behörde beobachtet, registriert und sorgfältig überprüft. Ein Geheimdienst, der ausnahmsweise mal nicht das Volk ausspionierte und analysierte, sondern nur die Volksvertreter Deutschlands.

Vertrauensbruch wurde bestraft, Lügen wurden geahndet und 2031 mussten drei Handvoll Politiker wegen Amtsmissbrauch lange Haftstrafen antreten. Die längste Haftstrafe für ein Versprechen, das nicht gehalten wurde, durfte ein gewisser Herr Oprecht verbüßen. Der 47-jährige Politiker musste für vier Jahre in eine Haftanstalt, weil er seinen Wählern zehn Jahre zuvor versprach, die Erbschaftsteuer abzuschaffen.

Nach der Wahl wusste er von nichts und hätte solche Versprechen laut seines Anwalts auch nie gegeben oder ausgesprochen. Die Rede aber, die er auf einer Sportveranstaltung in Frankfurt hielt, wurde aus mehreren Kameraperspektiven gefilmt. Trotzdem tangierte ihn sein Geschwätz aus der Vergangenheit nur peripher. Nach diesem überraschenden Gerichtsurteil begannen die regierenden, als auch die ehemaligen Politiker des Landes nervös zu werden. Sie wussten, dass es keine Verjährungsfristen für Volksverräter mehr gab und so flohen viele ehemalige Volksverbrecher ins Ausland. Politiker wurden zu Flüchtlingen, die 15 Jahre zuvor noch jeden Wirtschaftsflüchtling in ihr Land aufnahmen und zum Dank gewährte die USA diesen Politikern Asyl. Sie haben ja den Vereinigten Staaten von Amerika einen guten Dienst erwiesen und genau das getan, was von ihnen 2015 bis 2021 gefordert wurde. Die Lügenpresse hing ebenfalls noch mit dem Tod kämpfend am Galgen. Zu Gerichtsverfahren kam es nicht. Etliche Nachrichtenportale und Politikmagazine verließen Deutschland, mehrere Büroräume der ehemaligen Lügenpresse wurden niedergebrannt. Was mit vielen Redakteuren der Lügenpresse geschah, ist bis heute nicht geklärt, da ihre Vermisstenanzeigen auf dem Müll landeten. Ob die am Boden liegende Lügenpresse wusste, dass sie, dank ihrer jahrzehntelangen Hetze gegen das eigene Volk, einen Kopfschuss nach dem anderen kassieren würde, obwohl diese naiven Gutmenschen doch zehn Jahre zuvor im ersten Roman meines Vaters davor gewarnt wurden und sie die Warnungen eiskalt ignorierten und die prophezeite Revolution als eine stumpfsinnige Verschwörung betitelten? Wahrscheinlich war die verstorbene Führerin die Erste, die für ihre unverzeihlichen Taten büßen musste, denn an ihrer Todesursache zweifelten viele, aber sie starb, wie sie auch gelebt hat. Zweifellos verzweifelt! Es gab keine Schlupflöcher mehr und auch kein Mitleid, was Fehler anging. Volksabstimmungen wurden lauthals gefordert und von der neuen Partei gewaltsam eingeführt. Man ging nicht mehr politisch vor, man ging immer gewaltsam vor. Denn das war die einzige Sprache, die für alle verständlich klang. Die Gerechtigkeit erhielt ihr langersehntes Handwerk, durch das sie ihre fragwürdige Freiheit wiedererlangen konnte.

Patriotismus wurde zur neuen Ideologie. Mein Vater trat in einigen Politik-Talksendungen auf und in einem dieser Sendungen gab er auf die gewaltigen Veränderungen des Landes diese eine lange Antwort:

> *„Es ist seltsam. Seltsam anzusehen, wie der fast schon ausgestorbene Nationalstolz momentan zu einer Ritterrüstung für das Volk mutiert und Sicherheit symbolisiert. Ich erinnere mich nur, wie unsicher Deutschland noch vor 15 Jahren auf mich wirkte. Jeder, der 2017 noch stolz auf sein Land war, wurde als ein Rassist oder als ein Nationalsozialist beschimpft und zwar von kriminellen Ausländern, die vor der Polizeigewalt und der Kriminalität ihrer Länder geflohen sind, um hier die scheinbar Hilfsbedürftigen zu mimen und daraufhin aktiv zu der verschwiegenen Ausländerkriminalität in Deutschland beizutragen. Das durfte man früher so nicht sagen. Regierungskritiker waren für die Medien automatisch hitlerliebende Hetzer. Seitdem der Stolz jedes Menschen im Vordergrund stand, egal auf*

was die Menschen stolz waren, sahen wir einen krassen Rückgang unserer Integrationsprobleme. Die Ausländer und Flüchtlinge, die das Land für Jahre besetzten, flohen vor drei Jahren aus Deutschland in ihre Heimatländer, weil sie hier keine finanzielle Unterstützung mehr erhielten. Durch die letzten acht Jahre der Unruhen, sind wir finanziell ärmer geworden, aber reicher an Erfahrung. Aber ich hege große Zweifel an dem Frieden, der uns derzeit die Birne betäubt. Die Veränderungen, die wir momentan durchleben, sind gefährlicher als das, was ich noch vor 15 Jahren als eine Gefahr ansah. Wir sind derzeit im Begriff, die Kontrolle an eine Partei zu verlieren, die nichts zu verlieren hat und gerade dadurch an Sympathie gewinnt."

Nach dieser Sendung wurde er von den übrig gebliebenen, alternativen Medien gefeiert, aber von dem Rest stark kritisiert. Er sei kein echter Deutscher, um für Deutschland sprechen zu dürfen. Er sei nur ein Spätaussiedler, der seinen Platz nicht kennt, aber noch kennenlernen wird.

Der Mann, der 15 Jahre lang für die Deutschen sein Leben riskierte, wurde auf einmal unbequem, weil er sich nicht dem Nationalsozialismus im Lande beugen wollte. Auf einmal war er nur noch ein Spätaussiedler, kein Freiheitskämpfer mehr, kein deutscher Redner, Kriminalberichterstatter, sondern nur ein Spätaussiedler. Sie benutzten ihn über Jahre und als er nicht mehr für ihre Ziele zu gebrauchen war, ließen sie ihn fallen. In seinem ersten Roman fand ich diese bemerkenswerten Zeilen, die zu dieser Zeit passten:

> *„Solange ich das ausspreche, was die breite Masse von mir hören will, solange bleibe ich ein guter, echter Deutscher. Aber irgendwann, wenn ich als Spätaussiedler unbequem werde, weil ich einer Lüge nicht meinen Platz anbieten möchte, dann werden sie alle ihr wahres Gesicht zeigen. Wenn ich nicht mehr in ihr Weltbild passe, bin ich nur noch ein Scheißrusse. Wie der kleine Junge, der geschockt in diesem verdammten Schulbus saß, der nicht wusste was mit ihm geschah und Deutschland ließ es mit ihm geschehen. Ob der Tag kommen wird, an dem meine geleisteten Dienste sich in der Vergessenheit verlieren? Natürlich. Ich erlebe die Verlogenheit der Menschen jeden Tag.*
>
> *Ich weiß, was sie von mir halten und ich bin höflich genug, um manche Erkenntnisse lieber für mich zu behalten."*

Station 6
Erinnerungen

Es ist 23:46 Uhr, wir haben den 13. Oktober 2039.

Es fliegen keine futuristischen Fahrzeuge durch die Lüfte, auch haben wir unsere Energieprobleme nicht wirklich in den Griff bekommen. Elektroautos setzten sich nur bedingt durch. Es laufen in jedem europäischen Land einst emanzipierte Frauen in Kopftüchern herum, um sich vor Vergewaltigungen zu schützen. Die Ausnahmepartei, die 2030 alles und jeden eroberte, brachte wenige Jahre später nur Leid über Deutschland und ganz Europa. Wir überlebten vor fünf Jahren einen verheerenden Plutoniumanschlag.

Der Rassenhass schmeckte laut der Politik köstlicher, wenn man den Völkermord nicht einmal vertuschen müsse. Wie die Armenier 1915, so mussten die Deutschen am eigenen Leib erfahren, was es heißt, einer Auslöschung beizuwohnen. Keiner baute das Land nach dem Plutoniumanschlag wieder auf. Denn durch den übertriebenen Nationalstolz der Deutschen ab 2032 blieb nichts weiter übrig, als die gewollten Ruinen des Hasses.

Deutsche Trümmerfrauen wurden in diesem Jahrhundert nicht gesichtet. Denn ein großer Teil der deutschen Bevölkerung starb aus.

Sie starben an ihrer Selbstüberschätzung.

Das Land ist jetzt ergraut, verbittert und von zwei Besatzungsmächten besetzt, wobei einer dieser Besetzer Deutschland schon seit Mitte des letzten Jahrhunderts im Würgegriff hielt.

Jeder kämpft jetzt nur noch für sich selbst und zwar ums Überleben. Politik war einmal. Ein Bundestag existiert nicht mehr, genauso wie es auch Berlin und München nicht mehr auf der Landkarte gibt und so schnell auch nicht mehr geben wird.

Nachdem mein Vater sich von seiner Aufklärungsarbeit im Jahre 2031 distanzierte, arbeitete er an vielen anderen Projekten, die er über Jahre zuvor im Hintergrund aufbaute.

Dank seiner erfolgreichen Romane und der geschaffenen finanziellen Unabhängigkeit, konnte er in weitere Projekte investieren und sie groß werden lassen. Er wusste, dass er nicht nur die finanzielle Sicherheit anpeilen, sondern auch verschiedene Auswanderungsländer bereisen musste. Ruhephasen verbot er sich. Seine Strenge zu sich selbst beängstigte uns. Seine Enttäuschung auf Deutschlands Heuchler ertränkte er in pausenloser Arbeit und dem eisernen Willen, seiner Familie eine sorgenfreie Zukunft zu bieten.

„Sie wollten es doch alle so. Sie haben doch alle genau das bekommen, was sie sich in ihren Kellern gewünscht haben. Und

ich soll jetzt noch irgendwelche Liebe für Menschen verspüren, die Deutschland im Glück und Frieden nicht ertragen konnten?

Sie konnten es einfach nicht ertragen, dass es uns als Volk gut ging. Dass wir alle zusammenleben konnten. 2030 erkannten mich Ausländer auf der Straße, sie luden mich zu sich ein. Wir speisten und sprachen in ihren Wohnungen und Häusern über Politik, ihre Heimatländer und die Schwierigkeiten, die sie mit der deutschen Sprache erleben mussten. Sie waren nicht faul oder zu stolz, um die deutsche Sprache zu erlernen. Nicht jeder war begabt genug, eine schwere Sprache wie die deutsche perfekt zu beherrschen. Das Peinliche war, dass mich vor vielen Jahren noch echte deutsche Patrioten anschrieben und mir unwichtige und verlogene Geschichten voller Rechtschreibfehler zusendeten. Dabei schrieben sie, wie stolz sie doch auf ihr Land und ihre Sprache waren. Ihre Liebe zu ihrer Sprache sah man aber nicht. Nur ihre unmenschliche Dummheit, gepaart mit einem ungesunden Rassenhass. Und genau solche stolzen Kandidaten beschwerten sich über Ausländer, die nicht Lesen und Schreiben konnten.

Ich lernte stolze Deutsche kennen, die nicht einmal ihren Namen richtig Schreiben konnten. Die würden nicht einmal einen geraden Satz hinbekommen, wenn sogar ihr Leben davon abhängen würde. Wir lebten nicht mehr im Jahre 2018. Wir hatten uns weiterentwickelt. Ich hatte mich weiterentwickelt. Ich war nicht mehr derselbe. Ich fand meine Menschlichkeit wieder und zwar in den Trümmern meiner Kindheit.

Wildfremde Menschen zeigten der deutschen Bevölkerung im Jahre 2030 doch endlich ihre Liebe und Dankbarkeit.

Jetzt sind sie tot.
ALLE SIND TOT!

Ihre Gesichter gehen mir nicht mehr aus dem Kopf. Sie leben weiterhin in meinen Gedanken. Ich erinnere mich noch, als mich Patrioten anschrieben und meinten, dass sie ja nichts gegen Ausländer hätten. Wenn sie sich integrieren würden, dann wäre ja alles in Ordnung.

Das war eine dreiste Lüge!

Die Wahrheit war eine andere. Ob die Ausländer sich integrierten oder auch nicht war vollkommen egal. Das Problem dieser stolzen Patrioten war, dass die Ausländer sich überhaupt in Deutschland befanden.

In ihrem Land. In dem Land der Patrioten. Wenn ich an Patrioten denke, dann erkenne ich Hitler.

Im Jahre 2017 und 2018 war das ja noch verständlich, weil die Deutschen Angst verspürten und die Ausländerkriminalität wie ein Krebsgeschwür über Deutschlands Straßen surfte. Aber 2030 hatten wir alles. Wir hatten den leisen Bürgerkrieg überlebt, von Integration wurde nicht mehr gesprochen, weil wir alle zusammen unsere Städte aufbauten.

Diese Patrioten hatten 2030 überhaupt keine Gründe mehr, noch einmal über IHR Land zu sprechen, da Deutschland erwachsen wurde. Aber leider wollten manche Idioten nicht erwachsen werden und zerstörten alles, für was ich arbeitete und für was ich zu sterben bereit war.

Die Deutschen wollten keinen Frieden. Sie wollten einfach nur unter sich bleiben. Mit diesem Gedanken begann der Zerfall Deutschlands. Die deutschen Patrioten wollten nicht, dass sich die Ausländer integrieren. Sie wollten sie einfach nicht hier haben. Dass der freundliche Bäcker von nebenan ein Russe oder der sympathische

Zahnarzt ein Syrer war zählte nicht. Das waren nur Ausnahmen, nur Einzelfälle, sagten stets die Deutschen. Sie alle benutzten mich. Ich war für sie ebenfalls ein Einzelfall, eine Ausnahme, die sie vielleicht an die Macht bringen könnte.

Denn so lange ich FÜR die Deutschen sprach, so lange war ich einer von ihnen. Als endlich Frieden herrschte, war meine Arbeit erledigt und ich wurde überraschenderweise wieder zu einem Scheißrussen. Es ist nicht lange her, da saß ich im Sommer in Mainz in der Neustadt und wir erzählten uns gegenseitig Geschichten. Mit wir meine ich Migranten, Spätaussiedler, Asylbewerber, mit denen ich mich spontan in dieser schönen Stadt traf. Viele von ihnen konnten die deutsche Sprache noch nicht so recht. Aber es reichte aus, um sich zu verständigen. Wir lachten zusammen, lästerten über unsere Politiker, zu denen ich ebenfalls gehörte, und wir philosophierten über die Zukunft Deutschlands.

Sie erzählten mir ihre Wünsche und Träume, was sie gerne erleben, erreichen und hinterlassen möchten. Es waren ganz normale Menschen mit dem Traum, in Frieden und finanzieller Unabhängigkeit zu leben. Das erinnerte mich an mich selbst.

Ich war nicht anders, denn auch ich fühlte mich mein gesamtes Leben lang fremd im eigenen Land und zwar nicht durch das Verhalten der Migranten, sondern durch die Nazideutschen, die ihr Land zurückhaben wollten. Wir saßen da, lachten, hatten Spaß und ließen unsere Sorgen irgendwann los und sprachen über Themen, die wirklich von Bedeutung waren. Ich wollte diese Erinnerungen verdrängen, aber sie klammern sich an mich. Die Erinnerungen umarmen mich. Sie wollen mich nicht ziehen lassen. Sie wollen nicht vergessen werden, weil ich zu hart für sie gearbeitet habe. Und doch sehe ich sie begraben liegen. Die Erinnerungen und diese Menschen liegen begraben und doch sind sie bei mir.

UND SIEH MICH JETZT AN!

Ich bin ein gebrochener Mann mit Erinnerungen aus einer Zeit, als diese Nation ENDLICH keine Berührungsängste mehr hatte. Weil niemand mehr zu Gewalt greifen musste, um sich verständigen. Ich möchte, dass sie endlich aufhören, mich in meinen Träumen zu verfolgen. Für mich ist es vorbei."

Mein Vater verfiel in eine tiefe Depression und schrie sich in seinem Büro selbst an. Er stand vor einem Spiegel und machte sich selbst Vorwürfe und zwar für das, was vor fünf Jahren passierte. Er dachte wohl, dass wir seine Ausraster nicht mitbekamen. Aber da täuschte er sich.

Manchmal wartete ich mehrere Stunden auf dem Dachgeschoss, denn von dort aus hörte man seine meist tiefsinnigen Selbstgespräche. Ich nahm sie mit meinem Diktiergerät auf und archivierte sie. Auch wenn er schon seit Jahren keine Videos mehr produzierte, so tat ich es für ihn. Ich tat das, was er eigentlich seit Jahren wieder hätte tun sollen.

Und zwar seine Stimme erheben, um sich von seinen alten Dämonen zu befreien, die ihm schlaflose Nächte bereiteten. Meine Mutter wusste nicht, wie sie mit ihm umgehen sollte. Sie war überfordert und überließ ihn seinem Schicksal. In manchen Nächten wachte er auf und schrie schweißgebadet Namen von Menschen, die unfreiwillig aus seinem Leben traten.

Wenn er aus dem Büro in die Küche lief, lächelte er uns alle an, fragte unzählige Male, wie es uns geht, schnappte sich seinen Kirschsaft und Süßigkeiten aus dem Kühlschrank und stolzierte gutgelaunt in sein Büro.

Er war ein so guter Schauspieler. Das hatte er von meiner Großmutter geerbt, die uns stets mit ihrer guten Laune ansteckte, ganz egal in welch einem inneren Krieg sie sich befand. Mein Vater zeigte seine Gefühle nicht. Das war aber nicht immer so. Meine Großmutter machte sich Sorgen um ihn, da er nur noch über uns und unsere Probleme sprach. Sein eigenes Seelenleben behielt er komplett für sich.

Er verschloss sich, bestrafte sich damit selbst.

Der Plutoniumanschlag vernichtete so viele Existenzen. Und die Partei, vor der er schon 2030 warnte, war für dieses terroristische Attentat verantwortlich.

Diese nationalsozialistische Partei versuchte den Anschlag den osteuropäischen Bürgern in die Schuhe zu schieben. Aber dieser Versuch schlug fehl.

Es war ein False Flag.

Ein Terroranschlag unter falscher Flagge. Der Terrorismus beeindruckte ihn nicht mehr. Ihn interessierte nichts mehr, außer seiner eigenen Familie. Ich informierte mich schon in meinen jungen Jahren über die Geschehnisse in Deutschland. Wahrscheinlich hatte ich die Neugier von ihm geerbt, aber er verließ den Ring. Unbesiegt, aber schwer verwundet. Ende 2031 zog er sich komplett zurück und sein Wesen veränderte sich. Irgendetwas in ihm verstarb und nur ein Teil von ihm blieb uns erhalten. Er sah etwas, das er eigentlich hätte mit ins Grab nehmen sollen. Aber der Tod täuschte ihn, nahm ihm seinen Todeszeitpunkt und hinterließ ihm stattdessen das Leben.

Veröffentlichungen über seinen Zustand waren nicht mehr erlaubt. Keine Stellungnahmen mehr zur Lage der Nation, keine Videobeiträge mehr, Interviewanfragen wurden ignoriert, aber sein Arbeitseifer blieb erhalten. Er veröffentlichte jedes Jahr ein Buch und musizierte immer noch sehr gerne.

„*Wenn er seiner Kreativität keinen freien Lauf lässt, dann verfällt er in eine tiefe Depression*“, sagte meine Großmutter.

Sie kannte ihn am besten. Er beleuchtete seine in Ketten liegenden Schattenseiten mit seiner Kreativität. Denn die gesprächigen Schatten, die mit ihm liefen, sollte man nur ihm hinterlassen.

Er ließ seine Vergangenheit hinter sich. Ein Freiheitskämpfer, der nach Jahrzehnten begriff, dass die Freiheit, für die er kämpfte, nur eine hirnlose, versiffte, eigennützige und undankbare Hure war, die nur Zerstörung im Sinn hatte.

Mein Großvater erzählte uns, wie unsere Familie 1993 nach Deutschland kam und welche Steine uns in den Weg gelegt wurden. Er erzählte über seinen Vater, der 1992 verstarb, über das schwere Leben in Kasachstan, wie er meine Großmutter kennenlernte und dass er stets dachte, dass er nicht älter als 72 werden würde. Er und meine Großmutter sind jetzt stolze 82 Jahre jung und positiver und lebensfroher als jeder andere Mensch, den ich kenne. Die Eltern meines Vaters waren Kämpfer, so wie er. Egal, wieviel meine Großeltern über meinen Vater erzählten, sie klammerten sich täglich an die Hoffnung, ihn bald lebendig wiederzusehen.

Es ist schwer, die älteste Tochter zu sein und der jüngsten Schwester zu erzählen, dass ihr vermisster Papa bald wieder nach Hause kommt. Er verschwand vor zwei Jahren. Dass ihm etwas zugestoßen sei, daran möchte ich nicht denken. Wenn ich an ihn denke, dann lächle ich manchmal, weil ich hoffe, dass er jetzt genau das tut, was er sich in seinem ersten Roman gewünscht hat. In seinen Wagen steigen und einfach losfahren. Ohne einen Plan, ohne ein Ziel. Und das nur, wenn seine Familie in Sicherheit lebt.

Wir sind sicher, Papa.

Ich gönne dir diese freie Zeit. Du hast sie dir verdient.

Wenn du auf deinen langen Reisen mit deiner blauen Lieblingskarre irgendwo auf dieses Buch von mir triffst und es vielleicht gerade liest, dann sollst du wissen, dass wir dich lieben und dich vermissen.

Erkunde die Welt, lass dir Zeit, aber schieb danach deinen Arsch gefälligst wieder nach Hause.

Du hattest in dem einen Roman recht gehabt, als du auf der letzten Buchseite erwähnt hattest, dass ich eines Tages ein Buch über dein Leben schreiben würde. Dann wird hoffentlich bald auch der letzte Satz in deinem ersten Roman in Erfüllung gehen.

Wir vermissen dich.

In Liebe, deine Tochter.
Diana

Er kam zurück…

17877027R00093

Printed in Poland
by Amazon Fulfillment
Poland Sp. z o.o., Wrocław